KB248317

* 이 책은 방일영문화재단의 지원을 받아 저술 · 출판 되었습니다.

오종찬 기자의 **Oh! 컷**

초판 1쇄 발행 2026년 2월 1일
2쇄 발행 2026년 2월 6일

지 은 이   오종찬
발 행 인   권선복
편   집   한영미
디 자 인   김소영
전 자 책   서보미
마 케 팅   권보송
교   정   신지환
발 행 처   도서출판 행복에너지
출판등록   제315-2011-000035호
주   소   (157-010) 서울특별시 강서구 화곡로 232
전   화   0505-613-6133
팩   스   0303-0799-1560
홈페이지   www.happybook.or.kr
이 메 일   ksbdata@daum.net

값 22,000원

ISBN 979-11-24134-09-2 (03810)

오종찬 기자의

Oh! 컷

오종찬 지음

도서출판 행복에너지

<u>프롤로그</u>

‘신문 사진을 싸이월드 사진처럼 바꾸고 싶다’ 20년 전 신문사에 입사하며 했던 다짐이었다. 대학생이 보기에 신문 사진은 늘 딱딱하다고 생각했다. 당시 이용자가 3천만 명이 넘었던 소셜미디어 ‘싸이월드’에 유행하던 감성적인 사진과 글에 사람들은 열광했다. 그에 반해 신문 사진은 차갑게 느껴졌다. 신문사에서 사진기자로 일하며 왜 신문 사진이 그렇게 보였는지 깨닫게 됐다. 보도사진의 첫 번째 목적은 독자들에게 현장을 전달하는 것인데, 한 컷으로 현장을 명확하게 보여주기 위해서는 사진에 설명적 요소들이 필요했다. 그리고 대부분의 현장에서 기자의 시선은 이성적이고 냉정해야 한다. 사진기자를 하며 그렇게 나도 ‘딱딱한 사진’을 찍는 데 익숙해져갔다.

대학교 동아리에서 수동 카메라에 흑백 필름을 끼우고 처음 셔터를 눌러봤다. 서강대학교 사진동아리 ‘서광회’는 신입생 때 사람 사진을 찍는 것부터 시작하는 전통이 있었다. 피사체로서 사람과 마주하는 방법부터 익히는 것이다. 내 카메라 너머에 있는 사람을 이해하고 그 사람의 내면까지 따스한 시선으로 담아내는 방법을 그때 배웠다. 대학 생활 내내 학교를 다니며 마주친 순간과 사람들을 촬영하고 글을 써서 싸이월드에 포토에세이를 연재하는 게 작은 낙이었다. 지금 보면 지나칠 정도로 감성적인 포토에세이였지만, 당시 싸이월드 감성에는 딱 어울렸던 모양이다. 포토에세이가 유명세를 타면서 싸이월드에서 하루에 한 명씩 선정하는 '투데이 멤버'에 선정되기도 했다. 글 쓰는 게 좋아서 국문학을 전공했지만, 떠올려보면 사진을 찍고 그 사진을 글로 풀어내는 걸 더 좋아했던 것 같다.

사진기자는 현장에 갈 때마다 수백 장의 사진을 찍는다. 어떤 사진이 지금 이 현장을 가장 잘 전달할 수 있을지 정답을 찾을 때까지 구도와 렌즈를 쉴 새 없이 바꿔가며 셔터를 누른다. 그중에 신문에 게재되는 건 단 한 장뿐. 선택된 사진 'A컷'만 신문에 실리지만, 신문에 게재되지 않은 'B컷'들에도 많은 이야기가 담겨 있다. 기록하지 않으면 잊힐 사진들. 그래서 B컷들을 소셜미디어에 글과 함께 기록하기 시작했다. 그러던 어느 날 주말뉴스부에 있던 김미리 선배가 찾아와 따뜻한 커피를 사주며 제안했다. "신문에 나가는 사진보다 페이스북의 말랑말랑한 사진과 글이 더 좋은데, 그거 신문에 매주 연재하면 어떨까?" 순간, 처음 사진기자를 시작했을 때 했던 다짐이 생각났다. 싸이월드 같은 사진. 그래서 고민 없이 해보고 싶다고 답했다. 김 선배의 제안으로 토요일자 조선일보 지면에 사진 칼럼 코너가 생겼고 당시 주말뉴스부장을 맡았던 어수웅 선배가 '오종찬 기자의 Oh!컷'이라는 명패를 달아줬다. 환희와 고통이 교차하는 길고 긴 고난의 행군이 될 거라는 걸 그때는 미처 깨닫지 못했다.

일주일에 한 번씩 사진 칼럼을 쓴다는 건 만만치 않은 도전이었다. 글과 사진 모두 완성돼야 하나의 사진 칼럼이 탄생한다. 평소에는 한없이 '친절한 오기자'지만 일을 할 때만큼은 완벽주의자로 돌변. 글은 좋은데 사진이 만족스럽지 않아서, 사진은 좋은데 글이 마음에 들지 않아서 취재를 했음에도 버려진 칼럼이 하나 둘 쌓여갔다. 이야기가 되는 것 같아 해남 땅끝마을까지 장장 8시간 차를 몰고 찾아갔다가, 사진이 안 돼서 포기하고 돌아온 적도 있었다. 새로운 아이템을 찾기 위해 매주 피 말리는 고민이 이어졌다. 그럼에도 'Oh!컷' 연재 횟수가 늘어날수록 내공이 쌓여갔다. 남들이 보지 못했던 순간들이 눈에 띄었고, 따스한 시선으로 담을 수 있는 소재를 찾아내기 시작했다. 다양한 분야를 'Oh!컷'에 다루고 싶었다. 사람을 비롯해서 사회, 문화, 예술, 자연 등 분야를 바꿔가며 주제를 찾았다. 새로운 시선의 사진을 보여주고 싶어서 자주 드론을 활용해 하늘에서 세상을 내려다봤다.

놀라운 변화도 생겼다. 연재한 지 몇 해가 지나자 든든한 지원군이 생기기 시작했다. 'Oh!컷'을 눈여겨보던 독자들이 아이템을 제보하기 시작한 것이다. 전국을 다니며 아름다운 자연을 찾아다닌다는 소문을 듣고 전국 지자체에서 연락해와 숨은 명소들을 알려줬다. 여러 기업에서는 산업 현장의 '포토제닉'한 소재와 그에 얽힌 이야기가 생길 때마다 'Oh!컷' 아이템으로 추천했다. 취재하며 알게 된 많은 취재원들도 'Oh!컷'으로 좋은 소재가 있다며 수시로 제보를 했다. 특히 타 언론사 기자 동료들의 제보는 뜻깊게 느껴졌다. 경쟁 언론사임에도 불구하고 'Oh!컷'에 적합하다며 아이템을 추천해 주는 모습들. 같은 사진기자로서 진심으로 응원해 주고 있다는 생각에 뭉클한 적도 많았다.

2018년 시작했던 'Oh!컷'은 5년 8개월간 총 265회 연재를 끝으로 사진부장을 맡게 된 2024년 막을 내렸다. 하루 종일 신문사 안에서 데스킹을 하는 역할을 맡다 보니, 현장을 돌아다닐 기회를 만들기 어려웠다. 부서장 승진 축하 인사보다 'Oh!컷'을 더 이상 못 보게 돼 아쉽다는 말을 더 많이 들었던 것 같다. 마지막 연재를 마치고 지난 5년 8개월을 되돌아봤다. 연재의 압박에서 해방됐다는 후련한 마음과 아쉬운 마음이 교차했다. 그동안 취재하며 마주한 순간들과 많은 사람들을 떠올리자 나도 모르게 입가에 미소가 번졌다. 'Oh!컷'을 진심으로 응원하고 따뜻한 조언을 아끼지 않았던 동료 선·후배들에게 그리고 소중한 주말과 휴일에도 'Oh!컷'을 하러 떠나는 먼 길에 기꺼이 동행해 준 아들과 아내에게 감사의 마음을 전하고 싶다.

'Oh!컷'은 꼭 책으로 만들고 싶었다. 내 이름을 걸고 오랜 기간 연재했던 결과물에 대한 기록과 함께 다채로운 콘텐츠가 담긴 '잘 만든 책'을 사랑하는 사람들에게 선물하고 싶었다. 대학생 때 친구에게 선물 받았는데 지금도 내 서재에 꽂아두고 꺼내보는 책들이 있다. 이 책이 두고두고 소장하고 싶은 책, 소중한 사람에게 선물하고 싶은 책이 되길 바라며.

추천사

경향신문 강윤중 기자

고백부터 해야겠다. 오종찬의 'Oh!컷'을 볼 때면 시샘하면서 동시에 위안을 받았다. 그의 사진과 글에는 정직한 발품과 사려 깊은 태도가 배어있다. 그래서 울림이 있다. 연재한 6년 동안 잔인한 마감을 견딘 그에게 존경의 마음을 전한다. 이 연재가 책으로 엮이길 진작에 바랐었다. 책을 펼친 이라면 누구라도 가만가만한 위로를 받게 될 것이다.

동아일보 변영욱 기자

'뉴스 밸류에 미학을 더해 빚어낸, 삼라만상의 이미지들'
그가 만든 이미지는 기록을 넘어 하나의 문학 속 문장처럼 마음에 오래 머뭅니다. 국문학을 전공한 사진가의 성숙한 시선 덕택에 우리 시대의 풍경이 더욱 깊고 새롭게 정리되었습니다.

서울신문 정연호 기자

보도 현장의 긴박함 속에서도 오 기자는 남들이 보지 못한 '이면의 앵글'을 찾아냈다. 뉴스라는 결과물 뒤에 숨 쉬고 있던 현장의 진짜 이야기들이 그의 카메라를 통해 비로소 모습을 드러낸다. 이 책에 담긴 앵글과 서사가 유독 특별하고 귀한 이유다.

아시아경제 허영한 기자

그의 초년 시절 같이 일하면서 놀았다. 일찍이 사진도 글도 반듯해서 별 재미는 없겠다 싶었는데, 시간이 흐르니 반듯한 재미가 크다. 매일 뒤집어지는 일상을 사는 신문기자가 신문 바깥을 넘나드는 사진과 글로 6년 가까이 수백만 대중 앞에 서왔다. 힘들었을 뿐 아니라 혈혈단신 외로웠을 것이다. 작은 아카이브 하나가 나왔다.

연합뉴스 한상균 기자

보도사진은 정답이 없습니다. 최고는 있습니다. 현장의 사진기자는 최고의 한 장을 위해 경쟁합니다. 오종찬 기자의 사진을 봅니다. '오…!' 무릎을 탁 칩니다.
최고의 정답입니다.

중앙일보 박종근 기자

매주 사진을 찍고 글을 써서 연재한다는 건 결코 쉬운 일이 아니다. 모르긴 해도 끊임없이 인터넷과 신문 잡지를 뒤적이고, 세상 모든 일에 촉각을 곤두세우고, 매번 머리를 쥐어짰을 것이다. 날마다 쳇바퀴 돌듯 반복되는 취재 현장에서, 지구 반대편 출장지에서, 그리고 가족과 함께 떠난 휴가지에서도 쉬지 않았다니 감탄이 절로 나온다. 265장의 사진과 글 어느 것 하나 허투루 넘어간 게 없는 보석 같은 기록이다.

한겨레신문 이정아 기자

한겨레 사진기자로 일하며 종종 "현장에서 보수 매체 사진기자들과도 친하신가요?"라는 질문을 받았습니다. 보통은 "사진기자들은 일할 때 엄청 거칠게 경쟁하다가도, 끝나면 또 막 한식구 같아 신기하다"라는 평가와 짝을 이루지요.
매체의 논조가 첨예하게 갈릴 때도 있지만, 취재 현장에서 만난 사진기자들은 많은 경우 보도를 위한 가장 기초적인 요소인 팩트를 수집한다는 공통의 목표를 갖고 있습니다. 이럴 때는 소속 매체의 지향보다 사진기자로서 취재원과 현장에 대한 예이, 포토지널리즘을 함께 수행하는 이들을 대하는 동료애가 더 도드라집니다. 그런 면에서 자신의 독자에게 조금이라도 더 좋은 보도사진을 잘 전하고자 노력하는 오종찬 기자의 모습은 저에게 건강한 자극이 되곤 합니다. 책으로 묶인 'Oh!컷'의 갈피마다 깃든, 독자와 포토저널리즘을 향한 그의 진심이 더 많은 분께 읽힐 수 있기를! 힘찬 응원 보냅니다.

CONTENTS

4. 하늘에서 바라본 세상 : Bird's Eye

새가 되어 날아다니며 세상을 바라보면 어떤 모습일까.
드론의 힘을 빌려 하늘에서 새의 시선으로 바라봤다.

5. 그 순간 : The Moment

우리 삶 속에서 포착한 결정적 순간과 그 속에 담긴 이야기.
셔터를 누르지 않았다면
기억 너머로 사라졌을 순간들이 한 컷으로 남았다.

1. 아름다움
: The Color of Nature

벚꽃 사이 '花國열차' 찬란한 순간은 지나간다

경남 창원시 진해 군항제. 벚꽃 절정의 날, 군항제의 숨겨진 명소 경화역 철길을 찾았다. 2006년 이후로 폐쇄된 작은 간이역. 올해 군항제를 찾는 관광객들을 위해서 텅 비어 있던 경화역에 폐기관차와 무궁화호 열차를 견인해 놓았다고 한다. 덕분에 벚꽃길을 배경으로 고즈넉한 기차와 기념사진을 찍으려는 사람들이 열차 앞으로 길게 줄 서 있다.

이 아름다운 풍경을 하늘에서 내려다봤다. 한 폭의 그림 같은 풍경. 하늘을 향해 터질 듯 피어 있는 하얀 벚꽃길 사이로 놓인 열차. 눈길을 뚫고 달려가는 '설국열차'랄까.

남쪽에서 시작된 벚꽃이 금세 서울 여의도까지 번졌다. 이 찰나의 순간을 눈에 담으려 봄꽃이 피는 곳마다 인파로 북적인다. 군항제로 들썩였던 진해에는 이미 벚꽃이 떨어져 바람에 흩날리기 시작했다. 살갗에 느껴지는 바람도 차츰 뜨겁다. 아름다운 순간은 너무 짧다.

가까이선 볼 수 없는 것, 유채꽃밭에 하트가

경기도 안성시 팜농장 유채꽃밭. 광활한 들판에 노랑 유채꽃이 끊임없이 펼쳐져 있다. 며칠간 미세 먼지로 답답했는데, 마침 오늘은 봄바람에 하늘도 쾌청하다. 덕분에 저 멀리 보이는 들판의 꽃들도 한눈에 들어왔다. 동화 같은 풍경에 이곳을 찾은 사람들의 표정에도 웃음꽃이 폈다. 유채꽃을 카메라에 담으며 사잇길을 따라 한없이 걷다 보니, 문득 하늘에서 내려다보면 어떤 모습일지 궁금했다.

드론의 힘을 빌려 하늘에서 바라본 유채꽃밭. 노랗고 작은 유채꽃이 녹색 이파리와 섞여 연둣빛 향연이 펼쳐졌다. 꽃밭 사이로 나 있는 길들은 연두색 도화지에 붓으로 무언가를 그려놓은 것 같았다. 내가 걸었던 길이 하트 모양이란 것도 그제야 알았다. 꽃밭에 생긴 곁길 때문에 마치 하트에 조금씩 금이 가는 것처럼 보이는 것도 재밌다. 안에서는 미처 몰랐던 것들. 멀리서 봐야 비로소 보이기 시작한다.

붓을 든 장마, 자연이 그린 수채화

　회색빛으로 변해버린 하늘. 눅눅한 공기. 나뭇잎을 톡톡 때리는 빗방울 소리. 간혹 나타났다가 순식간에 사라지는 파란 하늘이 그렇게 고마울 수 없는 장마철이다. 오랜 시간 비가 내리면 우울해지는 기분을 쉽게 떨칠 수는 없지만, 한편으로는 숨어 있던 감성이 꿈틀거리기도 한다. 비 내리는 풍경을 담으러 서울숲을 찾았다.

　사람 하나 없는 적막. 현미경처럼 가까이 볼 수 있는 매크로 렌즈를 통해 자세히 들여다보자 숨은 세상이 보인다. 투명한 빗방울이 거미줄에 하나씩 걸리고 거미줄은 금세 빗방울의 놀이터. 비가 내리며 모여든 빗방울은 이내 수정처럼 반짝이기 시작했다. 그리고 뒤편에 피어 있는 예쁜 꽃이 그 수정 속에 알알이 맺혔다. 거미줄마다, 수정마다 태어난 한 떨기 수채화.

산불 지나간 검은 숲, 초록 생명이 움튼다

강원도 속초 장천마을 인근의 야산. 지난 식목일 하루 전날 발생한 대규모 산불로 화마가 휩쓸고 간 자리다. 가장 푸르고 싱그러워야 할 계절인데, 하루아침에 생명체라고는 찾아볼 수 없는 검은 숲으로 변해버렸다.

이번 산불로 사라진 숲은 여의도 면적의 6배. 잿빛으로 변해버린 숲에 다시 나무가 자라고 외형을 되찾기까지는 30년, 생태계가 회복된 건강한 숲으로 되돌아오기까지는 100년의 세월이 걸린다고 한다. 그리고 복구 작업에는 엄청난 비용과 노력이 필요하다.

50일이 지난 후 그곳을 다시 찾았다. 하늘에서 내려다본 풍경. 무채색으로 변한 숲 속에 초록색 생명체가 보이기 시작했다. 바람을 타고 날아온 씨앗들이 뿌리를 내리고 싹을 틔우고 있는 모습. 마치 어둠 속에서 작은 생명의 심장이 힘겹게 뛰고 있는 것만 같다. 한 뼘의 식물도 이곳에서는 더 소중하게 느껴진다. 우리가 자연을 아껴야 하는 이유다.

금빛 비밀의 숲

비밀의 숲이 열렸다. 1년에 10월 딱 한 달만 개방되는 강원도 홍천의 은행나무숲. 이때는 누구나 들어가서 무료로 금빛 세상을 즐길 수 있다. 이제는 유명해져서 내비게이션에도 '홍천 은행나무숲'으로 찾을 수 있다. 서울~양양 고속도로에서 인제IC를 통해 국도로 접어들면 계곡을 따라 구불구불 나 있는 편도 1차로 도로가 이어진다. 국도를 따라 홍천군 내면 광원리까지 한 시간.

암 투병 중인 아내를 위해 어느 로맨틱 가이가 이 은행나무숲을 만들었다는 소문이 사실이냐고 주인에게 묻자 웃으며 손사래를 쳤다. 그는 34년 전 소화불량에 고생하던 아내를 위해 몸에 좋다는 약수터를 찾아 서울에서 홍천까지 내려왔다고 한다. 이곳이 마음에 들어 계곡 옆에 있는 널찍한 땅을 사서 은행나무 묘목 2000그루를 심었다. 어릴 때 커다란 은행나무 위에서 뛰어놀던 향수 때문이라고 한다. 정성껏 돌봐온 작은 묘목들이 자라서 울창한 은행나무숲이 만들어졌다.

비스듬히 들어오는 햇살에 은행잎이 유독 노랗게 빛나는 늦은 오후. 카메라로 '인생샷'을 담는 사람들 얼굴에 낭만에 젖은 미소가 가득하다. 로맨틱 가이가 선물한 가을이다.

짝짓기를 꿈꾸는 반딧불이

반딧불이를 만나러 가는 길. 충남 아산 송악저수지 옆길을 따라 한참을 걸어 올라간다. 반딧불이를 위해 조명은 꺼두고 달빛에 의지해 조심스레 한 걸음 한 걸음. 캄캄한 숲길을 한밤중에 홀로 걷는 게 무서웠지만, 말로만 듣던 반딧불이를 만날 생각에 설렌다. 요즈음이 그들의 짝짓기 시즌. 짝을 찾기 위해 발광하는 반딧불이는 당연히 이맘때만 관찰 가능하다. 환경오염으로 인해 서식지가 점점 줄어들고 있어서 만나기 쉽지 않다고 한다.

군락지에 도착, 다시 기다림이 시작됐다. 얼마나 지났을까. 숲속에서 녀석들이 날아오르기 시작했다. 빛을 내는 요정처럼 반짝반짝 불빛을 내며 짝을 찾아 날아다니는 모습이 마치 춤을 추는 것 같다. 카메라를 고정하고 셔터를 누르기 시작했다. 똑같은 구도로 30분 동안 다중 노출 촬영한 180장의 사진을 겹쳐보니, 반딧불이들이 동화처럼 춤추는 모습이 네모난 프레임 안에 선명하게 담겼다.

핑크, 핑크... 가을이 주는 선물

가을바람이 불자 연분홍빛 물결이 들판에 파도친다. 충남 공주시 유구천 핑크뮬리 단지. 드론 힘을 빌려 하늘에서 내려다보니 동화 같은 풍경이 펼쳐졌다. 핑크뮬리는 외국에서 건너온 다년생 식물로 가을에 접어들면 분홍과 자주색 꽃을 피운다. 은은한 빛깔이 신비로운 분위기를 만들어서 최근에는 가을에 '인생샷'을 찍는 대표적 꽃이 됐다.

공주시는 이곳에 요즘 젊은이들이 좋아하는 핑크뮬리를 심어서 많은 사람이 찾아오게 만들 생각이었다고 한다. 식재 2년 만인 올해 드디어 제대로 꽃이 피기 시작했는데, 뜻하지 않게 찾아온 코로나 사태. 사회적 거리 두기를 위해 계획했던 축제를 취소하고 홍보도 하지 않은 채 올해는 조용히 지나가기로 했다. 그랬는데도 소셜미디어를 통해 이곳을 알아내고 찾아온 사람들. 핑크뮬리 앞에서 잠시 마스크를 내리고 폼을 잡는다. 10월 어느 멋진 날에 주인공처럼.

동이 트자 군무가 시작된다

　겨울 철새들이 찾아온 강원도 철원군 동송읍 토교저수지. 동이 틀 무렵, 물안개 자욱한 수면 위로 쇠기러기들이 일제히 날아오른다. 밤새 저수지에서 잠을 자다가 먹이를 찾아 날아가는 중이다. 저수지 대부분이 민통선 지역. 군부대의 허가가 없으면 일반인이 접근할 수 없다. 덕분에 철새들에게는 편안히 쉴 수 있는 보금자리가 된다.

　쇠기러기는 시베리아 등지에서 이곳까지 무려 4만여 마리가 월동을 위해 날아왔다. 무리 지어 움직이는 쇠기러기의 군무를 보기 위해 어두울 때부터 자리를 잡고 숨죽여 기다렸다. 물 위에서 쉬고 있는 철새들은 한참 동안 '끼룩끼룩' 울기만 할 뿐 움직일 생각을 안 했다. 찬 바람에 온몸이 얼음장이 될 때쯤 날갯짓 소리가 들리기 시작했다. 곧이어 수천 마리가 동시에 물을 박차고 날아오르는 순간, 마치 비행기 엔진 같은 웅장한 소리가 파도처럼 밀려와 고막을 때렸다.

비밀의 정원, 찰나의 순간

가을의 끝자락, 이른 새벽 파스텔 톤으로 단풍이 물든 키 작은 나무들 위로 하얗게 서리가 내려앉아있다. 강원도 인제군 남면 갑둔리. 몇 년 전 누군가가 이곳의 가을 풍경에 반해 '비밀의 정원'이라 이름 붙이고 공개한 사진 때문에 알려지기 시작했다. 이곳은 군사 작전 구역이다. 일반인은 접근할 수 없어서 오직 멀리 보이는 길가에서만 바라볼 수 있다. 사람의 손길이 닿지 않은 자연 그대로의 아름다움을 간직해온 이유다.

사방이 산으로 둘러싸여 안개가 많은 분지. 일교차가 크고 새벽에 기온이 급격히 떨어지는 조건이 맞아야 서리가 내린다. 일기예보를 확인한 후 밤길을 뚫고 해뜨기 전에 도착해보니, 이미 삼각대를 펼쳐놓은 사진가들로 가득했다. 전날 도착해 차에서 밤을 지새운 사람도 있다고 한다. 날이 밝아오자 적막한 산골에 셔터 소리가 울려 퍼지기 시작한다. 나도 얼른 이 몽환적인 광경을 카메라에 담았다. 해가 비치면 곧 녹아 없어질 찰나의 풍경을.

백두대간 굽이굽이

강원도 태백과 정선의 경계에 위치한 해발 1268m 두문동재(杜門洞峙). 백두대간을 통과하는 고갯길인데 오래전 인근에 터널이 뚫리면서 이제 여기로 오가는 차는 거의 없다. 지도를 보고 찾아낸 구불구불 옛길. 위로 올라갈수록 점점 나뭇잎 색깔이 붉어지는 모습이 기대감을 갖게 했다. 새가 하늘에서 내려다보면 여기는 어떻게 보일까.

드론의 힘을 빌렸다. 그림같이 펼쳐진 가을 풍경. 자작나무, 단풍나무, 소나무 등이 군집을 이루고 저마다 가을 색을 뽐내고 있다. 길의 시작점부터 마치 그러데이션(gradation)처럼 짙어져서 백두대간에 가까워질수록 울창한 산림이 화려한 꽃밭처럼 붉게 물들었다. 어느덧 가을의 절정. 바라만 봐도 아름다운 계절이다.

3월에 찾아온 눈꽃 세상

　남쪽 지방에서 연일 봄꽃 소식이 들려오는 3월 초순, 강원도가 눈꽃 세상으로 변했다. 16년 만에 가장 많은 눈이 내렸단다. 갑자기 내린 폭설로 산간 고갯길 곳곳에서 교통대란이 일어난 다음 날, 하늘은 무슨 일이라도 있었느냐는 듯 시치미 뚝 떼고 시리도록 파란 얼굴을 내밀었다. 백두대간 능선에 있는 대관령 삼양목장. 하얀 눈꽃 아래에서 사람들이 눈싸움을 하고 있다. 천진난만한 표정을 보니 잠시 동심에 빠진 듯하다. 목장 한가운데 서있는 이 나무의 이름은 '연애소설 나무'. 영화 연애소설에 배경으로 등장하면서 붙은 이름이다. 나뭇가지마다 얼어붙은 하얀 눈꽃이 파란 하늘을 배경으로 더 또렷이 빛난다. 오후가 되자 따스한 햇살에 쌓인 눈이 사르르 녹기 시작했다. 이제 봄이 올 차례다.

눈 오는 날의 탄성, 자작나무 숲

　강원도 인제군 원대리 자작나무 숲. 꼭 한 번 가보고 싶었던 곳이다. 북반구 깊은 산 속에 주로 분포하는 자작나무는 하늘로 솟은 높은 키와 흰색 '피부' 때문에 이국적인 풍경을 만들어 낸다. 기름기 많은 하얀 껍질이 탈 때 '자작자작' 소리를 내기 때문이라는 어원도 있다. 오랜만에 강원도에 눈이 내렸다는 소식을 듣고는 다음 날 아침 인제로 향했다.

　자작나무 숲으로 향하는 길. 삼림감시초소에서 산 정상 부근까지 3.2㎞를 걸어 올라가야 한다. 깔딱 고개 두 개가 기다리고 있었다. 옆에서 함께 올라가던 연인들은 정상이 가까워져 올수록 표정이 굳어지고 서로 말이 없어졌다. 숨을 헐떡이며 한 시간쯤 올라가자 드디어 자작나무로만 가득 찬 새하얀 세상이 펼쳐졌다. 상상 속에서나 있을 법한 압도적인 풍광. 동화 속 주인공이 이런 기분이겠지.

　숲을 둘러보고 내려가는 길. 짜증 섞인 표정으로 힘겹게 올라오고 있는 연인들이 '얼마나 더 올라가야 돼요?'라고 물었다. "조금만요." 깔딱 고개가 하나 더 남아 있다는 말은 차마 할 수 없었다. 그래도 일단 도착하면 날 원망하지는 않으리라. 하얀 숲 속의 주인공이 되어 활짝 웃을 테니까.

겨울 철새의 '굿바이 댄스'

충남 부여군 금강 백제보 상류 지역. 해가 넘어가자 약속이라도 한 듯 강물 위에 떠있던 가창오리 5만여 마리가 일제히 날아올라 군무를 추기 시작했다. 거대한 움직임이 붉은 하늘에 점묘화를 그려낸다. 르네 마그리트의 초현실주의 그림 속 한 조각 같은 몽환적 느낌. 수면 위로 착륙하기 직전인 UFO 같기도 하다. 10분간 아름다운 군무를 선보인 가창오리 떼는 먹이를 찾아 들판으로 순식간에 흩어졌다. 가창오리는 몸집이 작아서 맹금류의 공격에서 살아남기 위해 수만 마리가 무리 짓는다고 한다. 멸종위기종으로 지정된 가창오리는 한국에서 겨울을 보낸 뒤 3월 초에 다시 북쪽으로 날아간다.

노을을 배경으로 군무를 추는 모습은 새를 좋아하는 사람이라면 꼭 한번 보고 싶어 하는 버킷리스트. 가창오리는 거처를 자주 옮겨 다녀서 서식지를 찾기 힘들고, 날아오르더라도 뿔뿔이 흩어지는 경우가 많아 군무를 보기가 쉽지 않다. 지면에 소개하고 싶어서 나섰다가 헛걸음만 여러 번이었는데 마지막이라고 생각하고 찾아간 곳에서 드디어 보게 된 장면. 겨울 철새들이 떠나기 전 마지막 작별 인사를 건네는 것 같았다.

유채꽃 노란 물결 따라 날다

강원도 양양군 남대천 둑길을 달리다 그림 같은 풍경에 발걸음을 멈췄다. 드넓게 펼쳐진 유채꽃밭. 곳곳에 설치된 포토존을 보니 지자체에서 조성해놓은 군락지 같은데, 외진 곳이라 주말인데도 인적이 없다. 유채꽃밭을 차지한 참새들이 이곳의 주인인 양 떼 지어 이곳저곳 옮겨

다니며 날아다닌다. 활짝 핀 유채꽃에 앉아 노란 꽃을 맛보기도 하고, 주변을 둘러보며 짹짹거리는 모습이 마치 꽃놀이를 하는 듯하다. 사진을 찍기 위해 살금살금 다가가자 조금씩 반대 방향으로 멀어지는 참새들. 카메라를 들고 쫓아가느라 금세 땀에 젖은 목덜미를 식혀주는 시원한 바람에 유채꽃이 살랑인다. 들판에 넘실대는 노란 물결에 몸을 싣고 자유로이 날아다니는 새들을 보고 있으니 한없이 부러워졌다.

연꽃 사이를 걷다

연못을 가득 메운 초록빛 연잎들 사이로 분홍빛 연꽃이 고개를 내밀었다. 은은한 연꽃 향기가 바람에 실려 코끝에 와 닿는다. 전북 전주시 덕진공원 안에 있는 덕진호의 풍경. 한 방문객이 연못을 가로지르는 연지교를 천천히 걸으며 사색에 잠겼다. 드론을 띄워 하늘에서 내려다보니 마치 수채화 같기도 하다.

4만여㎡에 이르는 덕진호를 가득 메우고 있는 홍련(紅蓮)은 지난 1974년에 심었다. 이후로 해마다 연꽃이 피는 이맘때면 관광객들과 사진가들이 찾아온다. 작년 7월에만 18만명이 다녀갔다. 이번 주말에는 연꽃문화제가 열린다고 한다. 연꽃이 피어나는 계절. 고요한 수면에서 정갈한 자태를 뽐내는 연꽃 사이를 걸으며 잠시 마음을 비우고 향기에 취해보면 어떨까.

벚꽃에 빠지다

벚꽃의 명소 서울 여의도 윤중로에 봄이 찾아왔다. 윤중로 한복판에서 360도를 촬영할 수 있는 VR 카메라를 이용해 담아낸 모습. 마치 봄 속에 파묻힌 것처럼 사방으로 활짝 핀 연분홍빛 벚꽃이 사진 한 장에 가득 담겼다.

코로나 사태 이후 3년 만에 전면 개방된 윤중로는 이날을 기다렸다는 듯 하루 종일 사람들로 가득했다. 주말에는 하루 10만 명 이상이 이곳을 찾았다고 한다. 온전히 걸어 다니기 힘들 정도로 붐볐지만, 오고 가는 행인마다 마스크 위로 눈웃음이 번졌다. 카메라를 들고 윤중로를 걸으며 나도 인파 속에 파묻혔다. 이렇게 사람이 많이 모인 걸 본 게 언제인지 모르겠다. 벚꽃만큼 사람도 그리웠나 보다.

5월의 크리스마스

이른 새벽, 철길로 열차 한 대가 천천히 들어선다. 양옆으로 하얗게 핀 이팝나무 꽃이 열차를 반갑게 맞이한다. 전북 전주시 팔복동 철길. 화물 열차가 짐을 싣고 공장 안으로 들어온다. 북전주역에서 공장까지 연결된 산업 철도다. 1999년에 1.4km 철길을 따라 조경수로 이팝나무를 심었다. 이젠 꽃이 피는 5월마다 전국에서 사람들을 끌어오는 핫 플레이스다.

이팝나무의 속명은 치오난투스(Chionanthus). 그리스어로 '하얀 눈꽃'이라는 뜻이다. 우리나라에서는 꽃이 활짝 피었을 때 모습이 수북이 담은 쌀밥을 연상시켰나 보다. 쌀밥을 뜻하는 이밥을 붙여 이팝나무라고 지었다는 설이 있다.

삭막하던 철길이 이맘때면 이팝나무 덕분에 눈에 뒤덮인 영화 속 한 장면처럼 변한다. 아카시아만큼 진한 꽃향기도 코끝에 스친다. '5월의 크리스마스'가 주는 선물 같다.

폭염도 잊게 만든 이 순간

한바탕 소나기가 쏟아지던 날, 해 질 녘 서울 하늘에 펼쳐진 풍경. 서쪽으로 넘어가는 석양이 하늘에 떠있던 구름을 화려한 색깔로 물들였다. 누군가 하늘에 물감을 흩뿌려 놓은 듯 한 폭의 그림 같다. 붉은 노을은 회색빛 서울 도심도 포근한 빛으로 감쌌다. 이 순간만큼은 하루 종일 괴롭혔던 폭염도 잊게 만든다. 요즘 하늘은 새롭다. 저녁이 되면 오늘은 또 어떤 모습일지 기대하게 된다. 원래 습한 여름철은 대기 중 수증기로 인해 햇빛이 산란돼 좀처럼 예쁜 하늘색이 나오지 않는다. 기상청은, 최근 한반도 동쪽으로 습한 북태평양고기압이 접근하고 서쪽 상층부에는 건조한 공기가 배치돼 있는데 서해상을 덮고 있는 차고 건조한 공기에 태양이 투과되며 유독 석양이 아름답게 보이는 것이라고 설명했다. 소나기 덕분에 대기가 깨끗해진 것도 큰 몫을 한다고 덧붙였다.

여름이 준 선물

충남 논산에 있는 작은 사찰 보명사의 커다란 배롱나무에 진분홍색 꽃이 가득 피었다. 이름도 예쁜 배롱나무는 여름이 시작되는 7월에 꽃이 피기 시작해 9월까지 이어져서 100일간 붉은 꽃이 핀다는 뜻으로 '백일홍(百日紅) 나무'라고 불렸는데, 발음을 빨리하면서 지금은 배롱나무로 굳어졌다고 한다. 사실 배롱나무 꽃 하나하나가 100일 동안 피어 있는 것은 아니고 가지에서 작은 꽃이 연속해서 피고 진다. 그래서 오랫동안 피어있는 것처럼 보인다. 배롱나무는 줄기에 나무껍데기가 없어서 매끈한 특징도 있다. 껍질을 벗은 모습이 청렴결백한 모습과 닮아 서원이나 사찰 주변에 많이 심어졌다. 최근 논산 곳곳에 위치한 고택과 사찰에 있는 풍성한 배롱나무가 소셜 미디어에서 인기를 끌면서 인증샷을 찍으러 찾아다니는 '핫 플레이스'가 됐다. 무더위 속에서 만날 수 있는 아름다운 풍경들. 뜨거운 여름날이 주는 선물 같다.

비행장 활주로 옆 해바라기

충북 제천비행장 활주로 양옆으로 활짝 핀 해바라기 꽃. 시원한 가을바람이 불기 시작하자 2만8000제곱미터의 광활한 대지를 가득 메웠다. 길게 뻗은 비행장 활주로와 어우러져 이국적인 풍경을 자아낸다. 방탄소년단(BTS)의 뮤직비디오에 나오는 바로 그 활주로이기도 하다.

이 비행장은 1950년대 군사용으로 유사시 전투기의 이착륙과 비행 훈련을 위해 만들어졌다. 흙길이었던 활주로가 1975년 아스팔트로 포장된 이후로는 전투기가 한 번도 뜨고 내린 적이 없다고 한다. 도심 속 삭막한 비행장으로 방치되다가, 2004년부터 지자체와 국방부가 협약을 맺어서 일부가 개방된 이후로 활주로 주변에는 철마다 꽃들이 심어지고 시민들은 활주로를 마음껏 거닐 수 있게 됐다. 가을이 지나면 이곳에 청보리를 심는다고 한다. 내년 봄, 비행장 활주로 옆에 파릇파릇하게 피어날 청보리가 벌써부터 기대된다.

춤추는 솜사탕 같은 '댑싸리' 내 마음도 흔들렸다

하늘을 나는 상상을 하곤 한다.

내려다보는 세상은 동화 같지 않을까. 서울 하늘공원. 하늘공원의 하늘에서 '댑싸리'밭을 드론으로 내려다봤다. 수백의 분홍·노랑·연두 솜사탕이 오와 열을 맞추고 있었다. 정말로 동화 같은 세상. 사람들은 벤치에 앉아 쉴 새 없이 인증 샷을 찍었다.

이 솜사탕들은 대체 어디서 왔을까. 댑싸리는 핑크뮬리와 더불어 올가을 유행하는 대표적인 외래종 식물. 이들이 우리나라 가을 색을 바꾸고 있다는 우려의 목소리도 들린다. 억새풀과 코스모스가 만들어내는 가을 들판의 익숙한 풍경이 외래종으로 인해 다른 빛깔로 변하고 있기 때문이다. 댑싸리는 이국적인 분위기 덕에 인스타그램 같은 소셜 미디어에서 인기 절정의 사진 소재로 널리 퍼지고 있다. 하지만 논란과 관계없이 하늘공원 댑싸리 밭은 하루 종일 '인생 샷'을 찍으려는 사람들로 북적였다. 덩달아 얻은 가을 수채화 한 폭.

가을이 피었습니다

　색깔이 아름다운 계절이 어김없이 돌아왔다. 경기도 안성시 안성팜랜드의 넓은 가을 들판에 만개한 연분홍빛 코스모스. 선선한 바람이 불어오자 수만 송이 코스모스 물결이 넘실댄다. 먼발치에서 바라보니 마치 핑크색 꽃무늬가 새겨진 부드러운 양탄자 같기도 하다. 가을비가 소리도 없이 내리던 날, 꽃밭을 찾은 방문객들은 대부분 말 없이 눈앞에 펼쳐진 풍경을 한참 동안 바라봤다. 코로나와 방역에 지친 마음을 달래는 듯.

　이 농장은 10만 평의 넓은 부지에 모두 코스모스를 심었다. 순차적으로 꽃이 피도록 해서 사람이 몰리지 않고 10월 말까지 충분히 꽃을 구경할 수 있게 배려했다. 깊어가는 가을과 함께 답답했던 마음도 치유되기를.

은빛 물결... 가을은 이렇게 깊어간다

　전남 순천만 갈대밭의 늦은 오후. 갈대의 북슬북슬한 씨앗 뭉치들이 기울어진 햇살을 받아 은빛으로 빛나고 있다. 우리나라 최대의 갈대 군락지인 이곳은 3km에 이르는 순천만 물길 양편으로 빽빽한 갈대 군락이 160만 평에 걸쳐 끝없이 펼쳐져 있다. 하늘 높이 자라는 갈대와 안개 가득한 포구는 소설 '무진기행'의 무대가 되기도 했다. 드넓은 갈대밭 사잇길을 따라 걸어가는 사람들. 그림 같은 풍경에 압도되어 연신 감탄을 쏟아내며 이 모습을 카메라에 담는다.

　갈대는 줄기보다 잎이 무성해서 바람이 불면 금세 한쪽으로 쏠린다. 쉽게 마음이 변하는 사람을 '갈대'로 비유하는 이유다. 시원한 바람이 불자 빼곡히 들어찬 갈대가 이리저리 춤을 추며 거대한 은빛 물결을 만들었다. 딱 이 계절에만 볼 수 있는 장관. 가을은 이렇게 깊어간다.

굿바이, 가을

　우리나라에서 가장 아름다운 은행나무로 꼽히는 강원도 원주의 '반계리 은행나무'. 밤새 차가운 가을비가 진눈깨비와 함께 쏟아지자 황금빛으로 물들었던 은행잎이 바닥으로 우수수 떨어졌다. 천연기념물로 지정된 이 은행나무는 수령 800년이 넘고 높이 32m, 둘레는 16m에 달한다. 웅장한 나무 크기만큼 땅에 내려앉은 은행잎 규모도 남다르다.

　며칠 전 이곳을 찾았을 때만 해도 노랗게 절정으로 물든 은행나무를 보러 찾아온 방문객들로 북적였는데, 갑자기 찾아든 추위에 사람도 가을도 훌쩍 떠나버린 것 같아서 못내 아쉽다. 드론의 힘을 빌려 하늘에서 내려다보니 마치 노란 양탄자가 깔려있는 것만 같다. 색깔이 예쁜 계절, 가을을 떠나보내며 작별 인사를 건넨다. "Good-bye, fall."

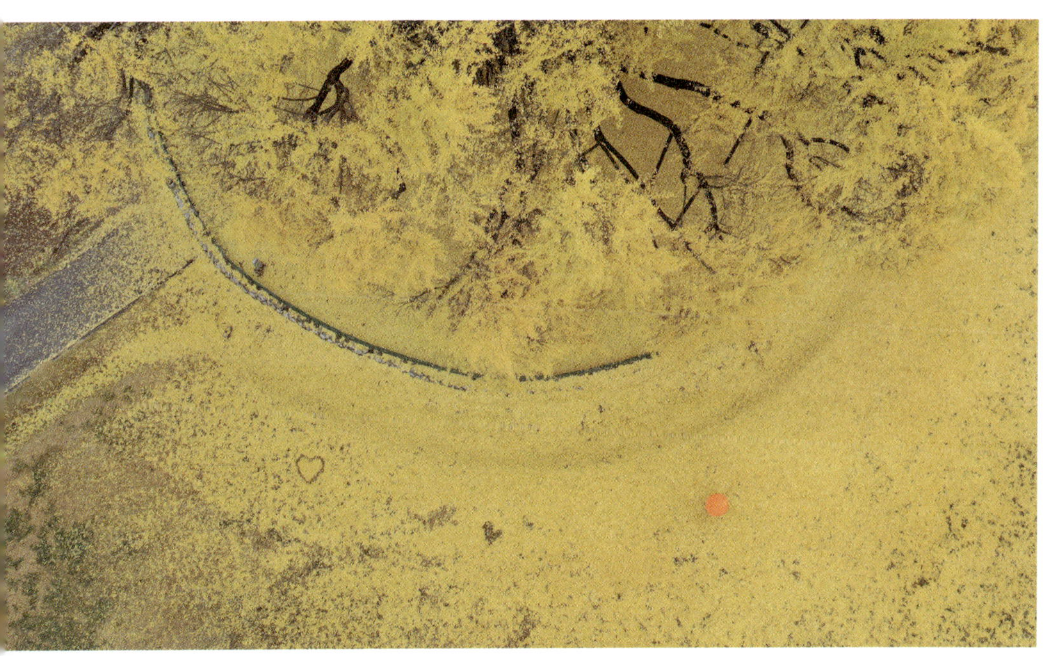

자작나무 숲에 단풍이 내렸다

강원도 인제군 수산리 자작나무 숲. 건너편 산 위에서 내려다보면 자작나무가 한반도 모양으로 군집을 이루고 있다고 알려진 곳이다. 한눈에 내려다보기 위해 숲속 임도를 한참 올라갔다. 아름다운 풍경을 만나기란 그리 호락호락하지 않았다. 숨이 목까지 차오를 때쯤 건너편으로 웅장한 자작나무 숲이 나타났다. 높이 나는 '새의 시선'으로 바라보고 싶었다. 드론을 띄웠다.

기울어진 가을 햇살에 하얗게 빛나는 순백색의 자작나무. 울긋불긋 물든 잎사귀. 자작나무 숲은 스며드는 햇살에 따라 때론 따사로운 느낌으로, 때론 차가운 느낌으로 다가왔다. 해가 들지 않는 곳은 이미 낙엽이 모두 떨어지고 은빛 속살을 드러냈다. 바람이 불자 붉게 물든 나뭇잎은 낙엽이 되어 우수수 떨어졌다. 곧 겨울을 맞을 준비를 하는 것 같았다. 내가 본 동화 같은 풍광은 이 가을의 마지막 선물이 아닐까.

남산, 겨울의 작별선물

2월에 내린 함박눈. 유난히 눈이 적었던 올겨울 들어 서울에 가장 많은 눈이 내렸다. 봄을 시샘하듯 펑펑 쏟아진 함박눈으로 서울 도심은 처음으로 하얀 겨울 왕국으로 변했다. 녹아 없어질까, 이른 아침 서울 남산으로 향했다. N서울타워에서 내려다본 풍경. 하얀 눈길 사이를 달리는 노란색 남산순환버스가 설경과 어우러져 동화 같은 장면을 만들어냈다.

너도나도 오랜만에 내린 눈 소식을 사진에 담아 SNS에 올리기 시작했다. 폭설로 인한 불편함보다 나처럼 반가운 마음이 앞선 것 같았다. 입춘이 지나고 남쪽에서 들려오는 꽃망울 소식에 올겨울에는 서울에서 하얀 풍경을 못 볼 줄 알았다. 해가 뜨고 따스한 햇볕이 내리쬐자 언제 그랬냐는 듯 쌓였던 눈이 녹기 시작했다. 겨울이 주는 마지막 선물.

봄비가 부른 벚꽃 엔딩

　서울 양재천 벚꽃길. 밤새 봄비가 내리자 꽃잎이 빗방울과 함께 하나 둘 땅으로 떨어지기 시작했다. 올해 유난히 일찍 피어난 벚꽃은 벌써 갈 채비를 하는 것 같다. 코로나로 인한 사회적 거리 두기 때문에 벌써 2년째 먼발치에서 바라봐야 했던 안타까운 심정을 알기나 할까. 떨

어진 꽃잎을 누군가 쓸어버릴 것 같아서 아침 일찍 길을 나섰다.

드론의 힘을 빌려 하늘에서 내려다본 풍경. 전날까지만 해도 나무마다 한가득 피어 있었는데 단 하루 만에 하얀 꽃잎들이 땅에 내려앉았다. 마치 누군가 백색 물감을 뿌려 놓은 듯 산책길과 풀숲이 하얗게 물들었다. 이른 아침 산책을 나온 행인이 주황색 우산을 쓴 채 '꽃길'을 걷고 있다. 벚꽃은 사라지는 순간조차 아름답게 작별 인사를 건넸다.

비슬산, 봄이 주는 선물

　국내 최대 규모의 진달래 군락지 대구 달성군 비슬산 정상에도 봄이 찾아왔다. 드론을 띄워 하늘에서 내려다보니 화산 분지 모양을 한 30만 평의 광활한 고원 지대가 붉게 물들어가는 모습이 눈앞에 펼쳐졌다. 꽃을 시샘하듯 때마침 하늘에서는 뿌연 황사가 훼방을 놓는다. 이 지역은 아직 찬 기운이 느껴지는 해발 1000m라 전국에서 가장 늦게 진달래가 피는 곳이기도 하다.

　진달래는 배고팠던 그 옛날, 주린 배를 채워주고 약으로도 쓰이는 고마운 꽃이라는 의미로 '참꽃'으로도 불린다. 비슬산에서 매년 열리는 축제 이름도 '참꽃 문화제'다. 올해 전국적으로 봄꽃이 개화가 늦어지는 바람에 이곳에도 축제 기간이 지나고 나서야 뒤늦게 진달래가 피어나기 시작했다. 이름도 예쁜 비슬산에 핀 진달래. 봄의 끝자락이 주는 선물 같다.

악어 떼가 충주호로 들어간다

충북 충주시 살미면 충주호에는 악어 떼가 산다. 산과 물이 어우러져 만들어낸 경관이 마치 악어처럼 생겨서 '악어섬'이라고 하는 곳이다. 드론을 띄워 하늘에서 내려다보니 마치 악어 여러 마리가 일제히 물로 헤엄쳐 들어가는 듯한 장관이 펼쳐졌다. 충주호는 1985년 충주댐이 완공되면서 생겼다. 수위가 높아지고 월악산 자락이 절묘하게 물에 잠기자 이처럼 악어 모양이 형성됐다.

지형적으로는 섬이 아니지만 사람들은 이 풍경에 악어섬이라는 별명을 붙여줬다. 악어섬을 한눈에 조망할 수 있는 월악산 국립공원의 봉우리 이름도 악어봉이다. 악어섬은 계절마다 독특한 매력을 뿜어낸다. 가을에는 붉게 단풍 든 악어를, 눈이 소복이 쌓인 겨울에는 '하얀 악어'를 만날 수 있다. 그중에서 가장 악어다운 색깔을 보이는 때는 푸르름이 짙게 물드는 봄철이다. 악어들이 늪지대를 헤치고 호수로 엉금엉금 기어가는 이국적 풍경을 마주할 수 있다.

댑싸리밭, 영화 속 주인공처럼

경기도 시흥시 갯골생태공원 댑싸리밭을 찾은 연인이 삼각대를 받쳐
놓고 다정하게 사진을 찍고 있다. 해 질 녘 기울어진 가을 햇살에 역광
으로 비친 댑싸리. 분홍빛 윤곽을 드러내며 몽글몽글 신비로운 배경을
만들어 준다. 이 순간만큼은 커플이 영화 속 주인공만 같다.

　‘코키아’라고도 하는 댑싸리는 가을이 되면 붉은빛으로 변하고 동글 동글한 모양이 예뻐서 핑크뮬리와 함께 요즘 인스타그램 사진의 단골 메뉴 중 하나다. 며칠 전 첫서리가 내리고 갑자기 추워진 날씨. 붉게 물 든 가을이 금세 사라질 것 같아서 급히 카메라를 들고 달려왔다. 여유 있게 감상하기에는 유달리 빨리 지나가는 이번 가을. 언제나 그렇듯 아 름다운 순간은 늘 짧다.

메타세쿼이아 숲에 머문 가을

　가을이 가장 늦게 찾아온다는 숲. 대전 장태산 자연휴양림은 하늘로 길게 뻗은 메타세쿼이아 나무들이 멋진 군락을 이루고 있다. 전국의 활엽수 단풍잎이 다 떨어지고 나면 뒤늦게 침엽수 메타세쿼이아의 뾰족한 잎이 붉게 물들기 시작한다. 그 풍경을 담기 위해 지난 2일 새벽 장태산으로 향했다. 해가 밝아오자 산 능선을 따라 쏟아지는 아침 햇살이 고깔 모양으로 곧게 뻗은 메타세쿼이아 숲을 역광으로 비추며 신비롭게 빛났다. 이 고요한 풍경을 멀리서 바라보던 등산객이 숲을 향해 손을 흔들었다. 마치 가을과 작별 인사를 하듯.

　올해는 잦은 고온 현상으로 유독 가을이 늦게 찾아와서 12월 초까지 가을 풍경을 간직했던 숲. 이번 주 비바람이 불면서 어느새 붉은 잎들은 거의 다 떨어지고 지금은 앙상한 가지만 남았다고 한다. 이제 하얀 눈이 내릴 차례. 고깔 모양의 장엄한 설경이 펼쳐지면 다시 이곳을 찾아야겠다.

가을과 헤어질 시간

황금빛으로 물들었던 경북 고령군 다산면 은행나무 숲에서 은행잎이 떨어지기 시작했다. 누군가 바닥을 덮은 노란 은행잎을 모아 길 한가운데 하트를 만들어 놨다. 드론으로 하늘에서 내려다본 풍경. 동이 트자마자 비스듬히 비치는 아침 햇살을 받은 은행나무 숲이 마치 추상화 한 폭 같기도 하다.

낙동강을 끼고 있는 이 숲은 드넓은 하천 부지에서 은행나무 3000여 그루가 자라고 있다. 오래전 누군가가 심은 이후 사람 손길이 닿지 않은 채 자라나서 자연 모습을 그대로 간직하고 있는 게 이 숲의 매력이다. 외진 곳에 있어서 알려지지 않았다가, 얼마 전 '가을 비대면 관광지 100선'에 꼽혀 사람들이 찾아오기 시작했다. 가을색을 입고 화려함을 뽐내다가 수명을 다한 채 나뭇가지 밑으로 사뿐히 내려앉은 노란 은행잎. 이제 가을과 잠시 헤어질 시간이 다가온 것 같다.

2. 사람 이야기
: Human

이산가족, '작별 상봉'의 시간

　금강산에서 이틀간 열린 이산가족 상봉의 마지막 날. 헤어질 시간이 다가오자 두 사람이 점점 말이 없어졌다. 마주 잡은 두 손만 꼭 쥐고 있을 뿐. 마지막 순서는 '작별 상봉'. 이렇게 모순되고 슬픈 말이 또 있을까. 만남과 헤어짐이 합쳐진 이 말은 듣는 순간부터 울컥하게 만들었다. 이틀 내내 사랑스러운 눈길로 아들을 바라보며 웃음 짓던 이금섬(92) 할머니는 '작별 상봉' 시간에는 자꾸 고개를 돌려 아들 몰래 흐르는 눈물을 닦았다. 아들에게는 눈물을 보여주기 싫었나 보다. 아들 리상철(71)씨도 눈이 벌게질 정도로 눈물을 참으려 애썼다.

　이제 헤어질 시간. 남측 가족들이 버스에 오르고 출발하기 직전, 북측 가족들이 너도나도 할 것 없이 모두 시동을 건 버스에 달라붙었다. 리상철씨도 버스에 앉아있는 엄마를 향해 달려갔다. 눈물을 참았던 이금섬 할머니도 그 순간만큼은 버스 창문 사이로 아들과 손을 맞대며 엉엉 울었다. 이산가족 그 누구도 '또 만나요'라는 인사는 하지 않았다. '잘 가요', '건강하시라우'라는 말 밖에 할 수 없는 그들의 심정이 목소리에 고스란히 전해졌다. 취재하는 기자들 모두 함께 울면서 셔터를 누르고 애절한 목소리들을 받아 적었다. 아마 기자 인생에 가장 힘들었던 날로 기억될 것이다. 며칠이 지났어도 그들의 슬픈 울부짖음이 잊혀지지 않는다.

이산 가족 상봉 100일, 할머니를 찾아갔다

"아들이 헤어지기 직전에 귓속말을 해줬어." 사진을 받아 든 이금섬(92) 할머니가 회고한다. "엄마, 100세까지 살아 있어요. 우리 죽기 전에 꼭 다시 만나야지…." 할머니는 이 말이 머릿속에서 떠나지 않는다고 했다.

광복절을 기념해 금강산에서 이산가족 상봉 행사를 한 지 100일이 지났다. 그 취재에서 기억에 많이 남았던 이금섬 할머니에게 사진을 선물하러 찾아갔다. 6·25전쟁 때 피란길에서 헤어진 여섯 살 '꼬마'였던 아들 리상철(71)씨와 65년 만에 만나 포옹하는 장면은 아직도 눈에 선하다. 할머니 얼굴에 미소가 번졌다. 한 장 한 장 넘겨보며 아들과 함께 한 사흘을 더듬는 듯했다.

할머니는 정작 궁금한 것들을 못 물어봤다고 했다. 누구랑 어떻게 살아왔는지, 아버지는 어떻게 돌아가셨는지도. 사흘 내내 손을 잡고 볼을 비비며 체온을 느끼느라 못 한 거다. 아들이 그립지 않은지 물어봤다. 온화한 미소를 지으며 이렇게 답했다. "한평생 그리워하다 아흔이 넘었어. 만나서 얼마나 다행이야. 못 봤으면 피란길에 잃어버린 여섯 살 아들 모습을 가슴에 품고 죽었을 거야."

시계를 열자 멈췄던 이야기가 흘렀다

서울 종로구 예지동 시계 골목. 시간이 멈춰 있다. 허름한 간판을 따라 들어가면 백여 곳의 시계방이 좁은 골목에 줄지어 들어서 있다. 팔뿐만 아니라 사기도 하고, 수리와 광택까지 저마다 전문성을 갖췄다.

예지동에서 48년째 시계를 고치고 있는 시계 수리 장인이 고장 난 기계식 시계를 분해하는 순간. 톱니와 나사를 숨죽여 하나씩 들어내는 손길이 우아하면서도 섬세하다. 이곳에 도착하는 시계는 저마다의 사연을 갖고 있다. 결혼했을 때 예물로 받은 시계, 아버지에게 물려받은 시계, 대통령 이름이 찍혀 있는 시계, 선물 받은 후 오랫동안 서랍 속에서 잊고 있던 시계. 시계를 고치면서 손님으로부터 시계에 얽힌 사연을 듣다 보면, 더욱 그 가치를 느낀다

요즘 인근 청계천 일대가 재개발로 철거되고 있다. 서울 도시 정비 구역으로 지정된 이곳도 언제 없어질지 모른다. 말없이 시계를 수리하던 주인이 한마디 한다. "60년 된 시계 골목을 없애면 되나. 시계 장인들만 한곳에 이렇게 모아 놓은 곳이 또 어디 있겠어. 골목에도 이야기가 담겨 있어야 소중한 거야."

'철커덕~ 착칵' 그 소리가 그립습니다

서울 남대문 카메라 가게를 찾았다. 중고 필름 카메라들이 가득한 곳. 향수에 젖어 필름 카메라를 구경하고 싶을 때 들르곤 한다. 마침 사장님이 오래된 카메라들을 꺼내 깨끗이 닦아서 다시 진열대에 넣고 있었다. 남대문에서 40년 동안 카메라를 팔며 필름에서 디지털로의 격변기를 체험한 분이다. 사진동아리를 하던 대학생 때, 과외비를 모아 떨리는 마음으로 손에 넣은 내 첫 수동 카메라도 이분께 샀다.

필름 카메라를 쓰던 시절을 회상해보면 웃음이 난다. 필름을 사서 카메라에 끼우고 촬영한 다음, 사진관에 맡겨 인화된 사진을 받아볼 때까지 얼마나 기다렸던가. 며칠을 기다려 받은 사진이 엉망이었을 때 느끼는 그 좌절감이란. 불과 10여 년 전인데, 쉽게 찍고 바로 확인하고 간단히 삭제하는 요즘 디지털 세상과는 격세지감이다.

생산이 중단된 필름 카메라를 중고로 다시 찾는 사람이 늘었다고 한다. 아날로그 감성을 느껴보고 싶어하는 20대가 대부분이라니 신기하기도 하다. 집에 돌아와 장식장에 넣어둔 수동 카메라를 꺼냈다. 엄지로 와인딩 레버를 당겨 셔터를 장전하고, 초점링을 돌려 초점을 맞췄다. 숨을 꾹 참고 셔터를 눌렀다. '철컥!' 나는 이 맛에 사진을 시작했다.

오자매의 유쾌한 출근길

다섯 자매의 아침 출근길. 운전대를 잡은 첫째 조새한별(33) 씨가 백미러로 동생들과 눈을 맞추자 까르르 웃음이 터졌다. 옆에 앉은 둘째 새한솔(28) 씨가 아빠 얘기를 꺼내자 은샘(27), 은비(25), 단비(25) 자매가 뒤에서 신나게 거든다. '오자매'는 같은 회사에서 일한다. 첫째와 둘째가 함께 스타트업을 시작했고 자리를 잡자 세 동생이 합류했다. 이들이 개발한 운동 기구는 미국 아마존에도 입점할 정도로 꾸준히 성장하고 있다.

저출산이 이슈가 되고 있는 요즘 오자매가 있다는 것도 신기한데 같이 사업을 한다는 것도 신기한 일. 아이를 워낙 좋아했던 아빠가 결혼하던 순간부터 '다섯은 낳을 거야'라고 말하고 다녔는데, 실제로 다섯 자녀를 낳았다고 한다. 한때 가세가 기울어 일곱 식구가 단칸방에 살기도 했지만, 다섯 자매가 똘똘 뭉쳐 스스로 딛고 일어섰다. 점심시간에 사무실에 모여 앉아 엄마가 싸준 도시락을 까먹는 시간이 제일 즐겁다는 오자매에게 서로 안 싸우냐고 물어보자 한목소리로 대답했다. "서로 존재만으로도 힘이 돼요. 함께 있는 매 순간이 행복합니다!"

아이돌 연습생들의 한 끼, "하루 중 가장 풍족한 식사예요"

아이돌 가수를 꿈꾸는 연습생들의 점심시간. 연습생들의 점심 식사를 한데 모았다. 삶은 달걀, 닭가슴살, 양배추 샐러드, 두부, 현미밥…. 체중 관리에 따라 각자 먹게 될 식사가 달라진다. 그나마 점심이 하루 중 가장 풍족하게 먹을 수 있는 식사인데, 한 연습생의 오늘 점심은 삶은 달걀 한 개다.

걸그룹 데뷔를 목표로 두 달 전부터 식단 관리에 들어간 연습생들. 겉으로 보기에는 이미 날씬한데 화면에 예쁘게 나오려면 더 체중 감량이 필요하단다. 먹고 싶은 음식이 뭐냐고 물어보자 밝은 표정으로 통삼겹살, 떡볶이, 김치찌개, 피자라고 순식간에 대답한다. 미안해졌다.

연습이 시작되자 달라진 연습생들의 눈빛. 음악에 맞춰 격렬하게 춤추고 노래하는 모습이 너무 열정적이어서 말 걸 틈도 없이 숨죽여 지켜봤다. 전면의 거울을 보며 자신의 표정 하나까지 컨트롤하는 모습을 보니 얼마나 땀 흘려 왔는지 짐작할 수 있었다. 어린 시절부터 가수 하나만 꿈꾸며 달려온 친구들. 가수가 되어 단독 콘서트가 끝나는 순간, 팬들의 환호 소리를 가장 듣고 싶다고 했다. 간절한 꿈이 혹독한 자기 관리를 견디게 하는 걸까.

내 손 잡아준 이들을 향해 나는 오늘도 셔터를 누른다

지구 반대편 에콰도르 아마존에서 만난 원주민들. 정글 속에서 힘겨운 취재를 마치고 큰 도움을 줬던 원주민 가족에게 악수를 청하자 활짝 웃으며 내 손을 잡아줬다.

먼 곳으로 출장 갈 때마다 통과 의식처럼 꼭 남기는 '나만의 기념촬영'. 현지에서 취재하며 가장 기억에 남는 사람들에게 악수를 청하고 나는 셔터를 누른다.

평창올림픽 때는 피겨스케이팅 경기장에서 천진난만한 표정으로 연기가 끝나는 순간만을 숨죽여 기다리던 화동들에게, 러시아월드컵 때는 독일전에서 승리할 거라 예언해주던 자원봉사자들에게 악수를 청했다. 인도에 갔을 때는 정성스레 준비한 전통 춤으로 인도의 아름다움을 보여줬던 소녀들에게, 이산가족과 함께 방문한 북한 금강산에서는 한복을 차려입고 잔뜩 긴장하던 안내원들에게 악수를 청했다.

거절당한 일도 있었다. 북·미 정상회담이 열렸던 베트남에서 회담이 끝난 후 며칠 동안 기자들을 막느라 고생했던 군인들에게 악수를 청했지만 그들은 매몰차게 돌아섰다. 그럼에도 풍경이나 건물 앞에 선 사진보다는 '나만의 기념촬영'을 꼭 남기려 한다. 사람들의 표정을 보면 그곳이, 그 일이 되살아 나기 때문이다. 사람 사진이 좋다.

'마리오네트'의 아빠

마리오네트 인형을 만드는 작업실. 인형의 마디마다 실로 묶어 사람이 조종하며 진행하는 체코 전통 인형극 마리오네트. 그 인형의 작가이자 무대 연출가인 문수호(43)씨의 '작은 동굴'이다. 한국과 체코를 오가며 활동하는 그는 아이디어가 떠오를 때마다 이 동굴로 들어가 나무를 깎는다. 인형마다 캐릭터 특유의 표정과 함께 만든 이의 흔적이 고스란히 담겨 있다.

마리오네트를 처음 본 건 대학교 사진 동아리 시절. 다큐멘터리 소재를 찾던 중에 우연히 마리오네트를 발견하고 인형극단의 모습을 한 달간 기록했다. 사람 모양 인형이 몸에 연결된 긴 줄을 통해 사람과 연결되고 비로소 살아 움직이는 모습. 마치 생명력을 불어넣은 것 같아서 신비로웠다.

오랜만에 다시 만난 인형들에게서 눈을 떼지 못했다. 작가에게 마리오네트의 매력을 물었다. "인형을 만들며 나무를 오랜 시간 다듬다 보면 나무가 사람 체온처럼 따뜻해져요. 말로 표현할 수 없는 쾌감을 느낍니다."

입으로 세상과 만나다

그림들로 가득 찬 공간에서 한 사람이 휠체어에 앉아 입에 붓을 물고 그림을 그리고 있다. 인천에 위치한 이곳은 입으로 그림을 그리는 구필(口筆) 화가 임경식(45)씨의 자택이자 하루에 다섯 시간 이상 붓과 씨름하는 작업실이다. 색칠하고 있는 그림은 최근 작업하는 '꿈을 꾸다' 시리즈. 어항 속에 갇혀 사는 금붕어나 거북이가 자유롭게 날아다니는 모습을 그렸다. 휠체어에 갇혀 사는 자신의 꿈을 표현했다고 한다.

운동을 좋아하던 그는 1997년 불의의 교통사고로 목 아래로는 움직일 수 없는 지체 장애인이 됐다. 좌절감에 13년간 은둔 생활을 하다가, 우연히 구족화가의 그림이 눈에 들어왔다고 한다. 자신에게 헌신한 가족을 위해서라도 무언가 해보고 싶어서 그때부터 악착같이 그림을 그리기 시작했다. 비로소 재능을 발견한 그는 어느덧 개인전도 열고 꿈꾸던 세계구족화가협회 회원도 됐다. 장애인들이 자신을 보고 용기를 냈으면 좋겠다는 그는 "저 같은 사람도 세상과 소통하기 위해 최선을 다하고 있어요. 장애인에 대한 편견 없이 내면을 먼저 봐주셨으면 좋겠어요"라고 말했다.

K웹툰 배우러 한국 온 '히잡 여인'

　말레이시아에서 온 알리아 하나(21)씨가 히잡을 쓴 채 서울 세종대학교 만화애니메이션 학과 강의실에서 자화상을 그리고 있다. 열세 살 때 K팝 아이돌 '세븐틴'에 빠져 한국어를 독학하기 시작한 그는 K웹툰에 반해 한국 유학을 결심했다. 말레이시아는 매년 장학생 100여 명을 선발해 한국 유학을 보내주는데, 최근 젊은 층 사이에 한국에 대한 열기가 워낙 뜨거워서 하나씨는 수십 대 일의 경쟁을 뚫고 한국행에 성공했다.

　최근 K팝, K드라마, K무비, K웹툰 모두 말레이시아 젊은이들의 주요 관심사다. 이슬람 문화는 한국 문화와 조금 다르지만, 한국 문화의 저력은 종교마저 뛰어넘었다. 하나씨는 한국의 순정 만화를 보며 특유의 설렘과 슬픈 감정에 매료돼 눈물도 많이 흘렸다고 한다. 그는 한국 웹툰의 감성을 훼손 없이 말레이시아에 소개하는 웹툰 번역가가 되는 게 꿈이다. 더 나아가 "한국과 말레이시아의 문화 교류에서 중요한 역할을 해보고 싶다"고 말했다.

입양의 날… "막내는 하늘이 내린 선물"

　오늘은 입양의 날. 서울 강동구 천호동에서 성은이(6. 가운데) 볼에 언니 성아(왼쪽)와 엄마 성정선(오른쪽)씨가 뽀뽀를 하자 까르르 웃음이 터졌다. 아빠 조호재(맨 왼쪽)씨와 오빠 성민이 눈빛도 따뜻하다. 엄마와 매주 보육원에서 봉사활동을 하던 딸 성아는 그곳에서 만난 아이를 데려오자고 제안했고, 3년 전 입양을 통해 가족이 됐다. 막상 입양을 하자 외부에서 보는 차가운 시선도 있었지만, 다섯 가족은 누구보다 행복하게 가족애로 뭉쳐 살고 있다. '정인이 사건' 이후로 입양에 대한 시선이 차가워져서 안타깝다는 조씨는 "막내는 '하늘에서 내려준 선물' 같다"며 "입양하는 가정이 더 많아졌으면 좋겠다"고 말했다.

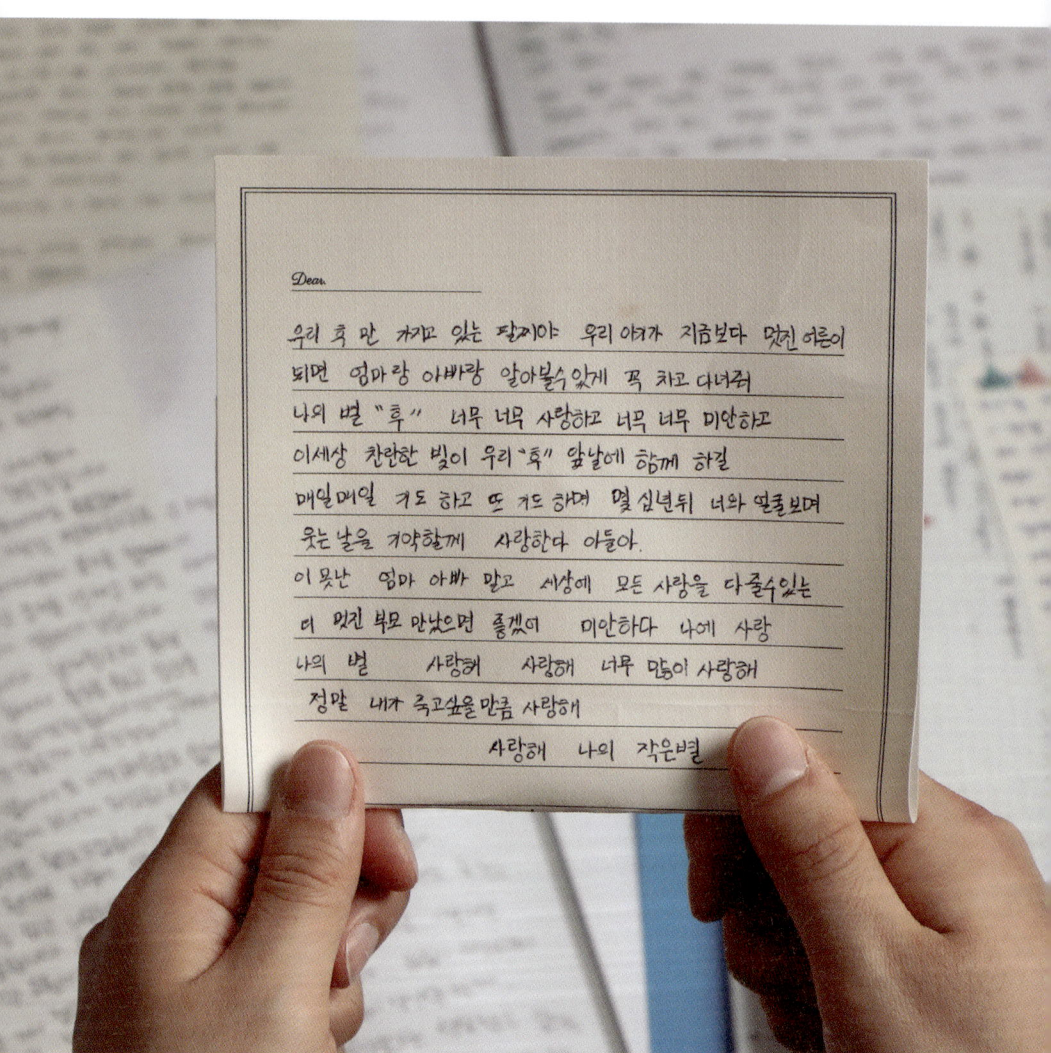

Dear

우리 축 만 가지고 있는 딸기야 우리 아가가 지금보다 멋진 어른이
되면 엄마랑 아빠랑 알아볼수 있게 꼭 차고 다녀줘
나의 별 "후" 너무 너무 사랑하고 너무 너무 미안하고
이세상 찬란한 빛이 우리 "후" 앞날에 함께 하길
매일매일 기도 하고 또 기도 하며 몇 십년뒤 너와 얼굴보며
웃는 날을 기약할께 사랑한다 아들아.
이 못난 엄마 아빠 말고 세상에 모든 사랑을 다줄수있는
더 멋진 부모 만났으면 좋겠어 미안하다 나에 사랑
나의 별 사랑해 사랑해 너무 많이 사랑해
정말 내가 죽고싶을 만큼 사랑해
사랑해 나의 작은별

세상의 모든 정인이가 사랑 받기를

서울 관악구 난곡동에 있는 베이비 박스에 아기를 두고 떠난 엄마가 남긴 마지막 편지다. 이곳 사무실에는 아기에게 남긴 편지 1800여 통이 보관돼 있다. 편지에는 아기를 두고 떠나는 엄마의 마음이 고스란히 담겨 있다. 아기를 남겨두고 갈 수밖에 없는 사연은 제각각이었지만 빠짐없이 적혀있던 말이 있었다. '미안하다'와 '사랑한다'였다. 베이비 박스에 담긴 아기는 입양 기관으로 바로 가거나 보호 시설로 보내져 입양을 기다린다. 좋은 부모 만나서 행복하게 자랐으면 좋겠다는 바람. 정성스레 눌러쓴 편지에 가장 많이 적힌 글귀 중 하나였다.

양부모 학대로 생후 16개월 만에 생을 마감한 정인이 이야기는 한 주 내내 사람들의 가슴을 울렸다. 경기도 양평의 정인이 묘지에 끊이지 않는 추모 인파. 우리가 흘리는 눈물은 너무 늦어서 미안한 마음일 것이다. 베이비 박스 편지에 적힌 친부모의 마음도 한결같았다. 세상의 모든 정인이가 행복한 가정에서 사랑받기를.

기관사가 전하는 한마디

출근길 시민들을 태운 서울 지하철 7호선의 맨 앞쪽 기관실. 열차가 청담대교에 들어서자 신찬우(27) 기관사가 마이크를 들었다. 고독해 보이는 공간이었지만 '행복'을 주제로 준비한 코멘트를 차분히 말하는 그의 표정은 참 따뜻해 보였다. 자칫 삭막할 수 있는 지하철이 정감 있는 공간으로 기억되길 바라며 기관사들은 '감동 방송'을 준비한다고 한다.

가장 기억에 남았던 방송을 소개해달라는 부탁에 그는 2년 전 퇴근길 승객들에게 했던 코멘트를 소개했다. "오늘 하루도 각자의 자리에서 최선을 다하느라 고생 많으셨죠? 곰돌이 푸가 이렇게 말했습니다. '매일 행복하진 않지만, 행복한 일은 매일 있어.' 행복은 우리 곁에 있지만 그걸 깨닫는 사람은 많지 않다고 합니다. 행복은 자신을 발견해 주길 기다린다고 하죠. 우리 승객 여러분은 소소한 행복과 함께하는 저녁 되시기 바랍니다."

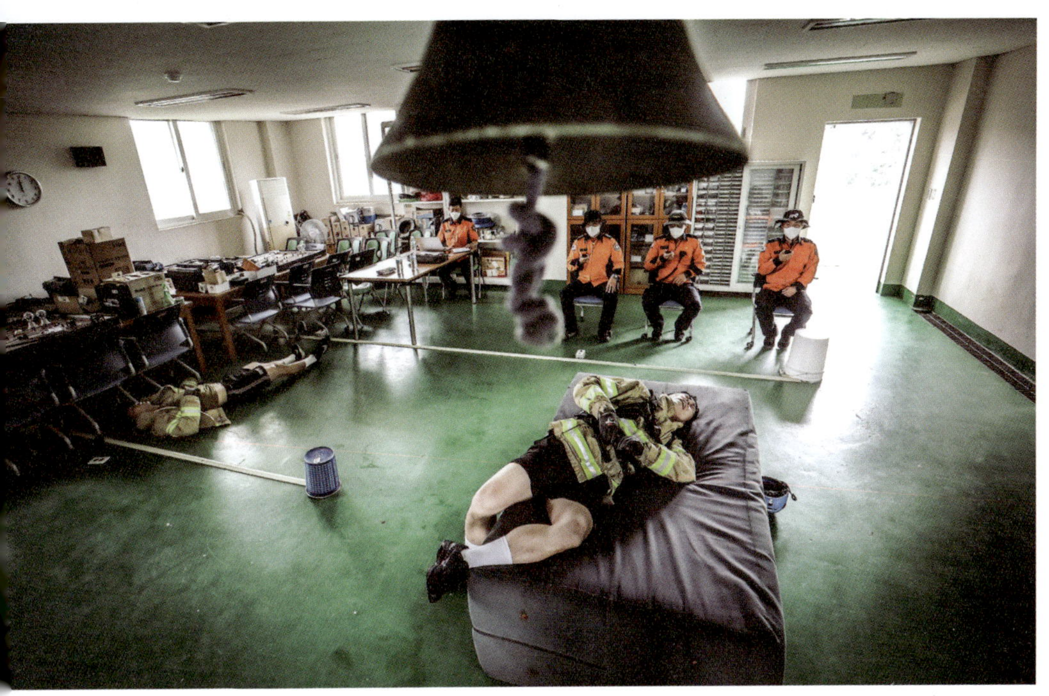

당신들 모두가 최강 소방관입니다

경기도 용인시 경기도소방학교 훈련탑 맨 꼭대기층. 소방기술경연대회 최강소방관 부문에 참가한 소방관이 산소통을 포함해서 20kg이 넘는 장비를 착용한 채 9층까지 계단으로 뛰어 올라온 뒤 종을 울리고 쓰러져 탈진해있다. 출발선에서 소방호스를 목에 두르고 전력 질주하는 것부터 시작해 5단계를 거치고 9층까지 뛰어 올라오는 게 마지막 코스다. 숨이 턱밑까지 차오를 정도로 혼신의 힘을 다한 탓인지 종을 울리고도 한참을 일어나지 못했다. 이전 참가자는 아직도 한편에 누워있다. 힘겹게 일어선 소방관이 거친 숨을 몰아쉬며 심사관에게 기록을 묻고는 아쉬운 표정으로 무거운 장비를 챙겨들고 절뚝거리며 걸어 내려갔다. 지친 뒷모습을 보며, "하나의 생명이라도 더 구하기 위해 어디든 뛰어 들어가는 당신들 모두가 최강소방관!"이라고 응원해주고 싶었다.

시니어 모델… 남이 아닌 나를 위해서!

　전업주부이거나 경력 단절된 40대부터 최고령 77세까지 시니어들이 도전에 나섰다. 서울 섬유회관에서 열린 'Fashion is to love' 패션쇼. 시니어들이 모델로 참여해 지난여름 열 예정이었으나 코로나로 몇 차례 연기된 끝에 관객 없이 모델과 스텝만 참여해 온라인으로 진행했다. 패션쇼를 주도한 몬테밀라노 오서희 디자이너가 시니어 모델을 구하기 위해 SNS에 공지를 올리자마자 전국에서 160여 명이 지원했다. 면접을 해보니 눈물이 나올 만큼 절실함이 느껴져서 그는 탈락자 없이 모두 무대에 세웠다고 한다.

　돈을 받고 무대에 서는 것도 아닌데 왜 모델에 도전했을까. 치매에 걸린 부모님을 모시며 살아왔다는 한 60대 참가자는 "이제는 누군가의 무엇으로 살기 싫어요. 나를 위해 살아보고 싶어서 용기를 냈습니다"라고 말했다. 순간 곁에 있던 시니어 모델들이 눈시울을 붉히며 격려의 박수를 보내줬다. 열정적 무대가 끝나고 오늘을 기념하기 위해 한자리에 모였다. 감격의 눈물을 흘리던 사람들도 카메라를 보고 활짝 웃었다. 곧바로 SNS에 사진과 함께 메시지가 올라왔다. "정말 오늘은 살아 있는 듯, 황홀한 순간이었습니다. 행복했습니다."

내게는 세 아들이 있다

'행복한 아버지 사진 공모전'. 코로나 사태의 장기화 힘든 상황 속에서도 아버지라는 이름으로 웃고 힘내며 살아가는 사람들을 응원하기 위한 작은 행사가 있었다. 서울 서초구 아버지 센터에서 주최한 사진 공모전. 나도 아이와 추억을 만들고 싶어서 한 장을 응모했다. 코로나로 집에서 머무는 시간에 반복된 연습으로 두발자전거를 타게 된 아들. 경주에서 이기면 행복한 웃음을 짓는 아이를 위해 일부러 져주며 뒤에서 흐뭇하게 바라보는 모습을 아내가 찍은 사진이다. 당선작 발표가 나고 2등이라는 연락을 받았는데, 화제가 된 건 단연 1등 수상작이었다. '아들만 셋 아버지라 힘들어? 아니 행복해요!' 제목에서부터 그 누구도 이의를 제기하지 못할 비장함을 느꼈다. 온라인으로 진행한 랜선 전시회에서 수상작이 공개되자 사진을 보고 흐뭇한 웃음이 절로 나왔다. 아빠가 삼형제를 동시에 업고 있는 사진. 다섯 살짜리 막내를 업어주니 둘째와 첫째가 차

례로 업어달라고 해서 그냥 한 번에 아들 셋을 업어버렸다고 한다. 사진 속 주인공 정동식(40)씨는 "아들 셋 키우기가 지금은 힘들지만 곧 큰 행복으로 돌아오리라 믿어요. 그런 희망으로 아버지로서 하루하루 최선을 다합니다"라고 말했다. 요즘 같은 저출산 시대에 귀감이 되고 싶다는 말과 함께. 역시 1등 아버지였다.

저는 시니어 모델입니다

유치원 원장님이 화장대 앞에 앉았다. 오늘은 몬테밀라노에서 주최하는 'Fashion is to Love 2' 패션쇼가 열리는 날. 잠시 시니어 모델로 변신하는 날이다. 경기도 분당에서 40년째 유치원을 운영하고 있는 한주영(65)씨는 능숙한 손놀림으로 거울을 보며 스스로 메이크업을 하기 시작했다. 마지막으로 입술에 립스틱을 바르자 비로소 입가에 미소가 번졌다. 그가 시니어 모델을 시작한 지 1년째. 체력과 몸을 유지하기 위해 아파트 28층까지 계단 오르는 운동을 한다.

시니어 모델 중에는 수십 년간 국밥집을 운영해온 사람, 전업주부로 살아온 사람, 직장 생활을 하다 경력이 단절된 사람 등 다양한 사연을 가진 사람이 많다. 큰돈을 버는 일도 아니지만 시니어 모델로 활동하는 목표는 대부분 같다. '이제는 나 자신을 위해 살고 싶다'는 마음. 당당하게 런웨이를 걸어가는 그들의 발걸음에 진심으로 박수를 보내고 싶다.

태평양 섬나라 키리바시의 보물

　남태평양의 섬나라 키리바시에서 온 원주민들이 나뭇잎으로 만든 고유의 옷과 장신구를 착용하고 카메라 앞에 섰다. 인사를 건네자 환하게 웃으며 반갑게 맞아주는 젊은이들. 키리바시를 알리고 전통 춤을 한국 사람들에게 보여주고 싶어 한국에 왔다. 키리바시의 춤은 태평양 바다의 파도와 물의 흐름, 그 위를 자유롭게 날아다니는 새를 담아냈다고 한다.

　적도와 가까운 태평양 한가운데 작은 섬 33곳으로 이루어진 키리바시 공화국은 산호초와 에메랄드빛 바다로 둘러싸인 아름다운 나라다. 하지만 지구온난화에 따른 해수면 상승으로 위기에 빠진 '슬픈 나라'이기도 하다. 평균 해발고도가 2m에 불과해서 지금 속도로 해수면이 높아지면 2050년쯤에는 바다 밑으로 가라앉는다. 아쉬움을 전하면서도 미소를 잃지 않는 그들에게 키리바시의 보물이 무엇인지 물었더니 "서로를 위해주는 마음, 인간미 넘치는 사람들이 우리의 가장 큰 보물이자 희망"이라고 답했다.

나는 6·25 참전용사입니다

프로야구에 시구자로 초청된 6·25 참전용사들이 서울 잠실야구장 더그아웃에서 입장을 기다리고 있다. 제복을 갖춰 입은 노병들이 그라운드를 바라보는 눈망울을 보니 만감이 교차하는 듯했다. 이렇게 많은 사람 앞에 초대된 것이 처음이라고 한다. 긴장된 표정으로 마운드에 올라 멋지게 시구를 마치자 큰 박수가 터져 나왔는데, 관중에게 손을 흔드는 노병들의 얼굴에는 환한 웃음이 끊이지 않았다. 이날만큼은 홈팀 LG트윈스 선수들도 경의를 표하기 위해 밀리터리 유니폼을 입고 경기를 치렀다.

참전용사들이 평소에 입던 허름한 조끼 대신 이날 입은 제복은 국내 유명 디자이너들이 만든 새 정복이다. 국가보훈처가 6·25전쟁 72주년을 맞아 참전용사에 대한 인식을 개선하기 위해 '영웅의 제복' 캠페인을 진행하며 제작했다. 새 제복을 입고 찍은 영웅들의 사진이 소셜미디어(SNS)에 올라오자, '옷 하나 바뀌었을 뿐인데 너무 멋있다'며 반응이 뜨거웠다. 제복을 입고 관중 앞에 섰던 순간이 뿌듯했다는 한 참전용사는 이렇게 소감을 이야기했다. "우리는 돈을 바라지 않아요. 그저 나라를 위해 희생했던 사람들에 대해 존경심을 가져줬으면 하는 바람입니다."

교복 입고 왔던 단골이 마흔 넘었네…
굿바이 만나분식

33년 동안 서울 대치동 은마상가 지하에서 자리를 지켜온 '만나분식'의 마지막 영업일. 이른 아침부터 부부 박갑수(67)·맹예순(62)씨가 손님 맞을 준비를 했다. 마지막 날이었지만 특별할 건 없었다. 부부는 해오던 것처럼 음식을 만들고 수저통을 옮기고 테이블을 정성스레 닦았다. '아쉽지 않으냐'는 질문에 박씨는 "이곳에서 정든 사람이 얼마나 많은데 왜 안 아쉽겠어"라며 끝말을 흐렸다.

개점 한 시간 전, 가게 앞에는 이미 300여 명이 줄서 있었다. 지하 상가를 채울 만큼 많은 인파였지만 이상하리만치 고요했다. 사람들은 부부가 준비하는 모습을 애틋한 눈빛으로 지켜봤다. 부부의 건강 문제로 분식점 문을 닫는다는 소식이 전해지면서 소셜미디어에 방문기가 줄을 이을 정도였다. 교복 차림이던 단골들은 이제 마흔이 넘은 모습으로 찾아와 부부에게 감사와 작별 인사를 건넸다.

나이가 먹을수록 정들었던 것이 하나둘 사라짐을 실감한다. 늘 그 자리에 있어줄 것 같던 사람과 장소, 물건도 그렇다. 이 분식점에 찾아온 이들도 같은 마음일 것이다. 사라지는 추억을 눈에 담아두고 싶은 마음. 그래서 이 순간을 사진으로 남겼다. 누군가에겐 소중한 추억일 테니까.

장애인을 위한 아름다운 콘서트

　아름다운 콘서트였다. 서울 삼성동 별마당 도서관에서 열린 중증 장애인을 위한 특별한 콘서트 '누워서 보는 콘서트'. 장애인의 날을 맞아서 장애문화예술인 홍보대사로 활동하고 있는 가수 김장훈이 작년에 이어 두 번째로 연 콘서트다. 관객석은 중증 장애인과 보호자들로 채워졌다. 휠체어에 힘겹게 앉아 콘서트를 보면서도 호흡기 너머로 행복해하는 얼굴이 눈에 들어왔다. 이날만큼은 당신이 주인공이다.

마라톤에는 감동이 있다

춘천마라톤 결승선을 통과한 마라토너가 숨을 헐떡이며 자신을 기다리고 있는 가족에게 걸어갔다. 금빛 꽃술을 흔들며 목이 터져라 응원하던 다섯 살 딸이 완주에 성공한 아빠에게 뽀뽀를 해주려 입술을 내밀었다. 그제야 그의 얼굴에는 미소가 번졌다. 42.195㎞를 달려온 피로가 단숨에 사라진 것 같은 행복한 표정이었다.

마라톤 취재를 하다 코끝이 찡한 장면들을 많이 봤다. 팔순 노인은 결승선이 보이자 백발을 휘날리며 전력 질주를 했다. 다리에 경련이 와 절뚝이면서도 끝내 완주하는 참가자도 많았다. 앞을 볼 수 없는 마라토너가 아내의 손을 잡고 끝까지 달리기도 했다. 결승선에 도열한 시민들은 이들이 들어올 때마다 진심 어린 환호와 함께 뜨거운 박수를 보내줬다. 한 마라토너는 "이 순간, 비로소 내 인생의 주인공이 된 것 같은 기분"이라고 말했다. 이렇듯 마라톤에는 늘 감동이 있다. 매년 가을 춘천마라톤을 기다리는 이유다.

3M 9210
NIOSH
bob
Protective Suit

3. 코로나 시대
: Social Distancing

부부는 용감했다

한 사진기자의 결혼식 풍경. 하객인 많은 사진기자가 신종 코로나가 강요한 이 진풍경을 기록으로 남기자고 제안했고 사진 속의 전원이 동참했다. 결혼식을 지켜보는 내내 착용하고 있던 마스크를 모두 그대로 썼다. 동료 사진기자 이희훈이 대표로 이 장면을 찍었다. 비장함과 애틋함이 동시에 묻어나는 한 컷.

신랑은 결혼식 전날까지도 뉴스를 지켜보며 고민이 많았다고 한다. 우여곡절 끝에 부부의 애정이 듬뿍 묻어나는 결혼식을 무사히 치러낸 그에게 소감을 물어보니, '이런 상황에도 어렵게 와주신 분들에게 감사하다'는 생각밖에 들지 않았다고 했다.

지난 주말을 기점으로 확진자가 급증하면서 결혼식을 앞둔 사람들은 발을 동동 구르기 시작했다. 신혼여행지로의 입국도 언제 금지될지 예상할 수 없는 상황. 실제로 결혼을 연기하는 커플도 있다고 한다. 언제쯤 이 보이지 않는 공포가 사라질까. 이 어려운 시기에 결혼하는 모든 연인을 진심으로 응원한다.

텅 빈 영화관, 가득 찬 공포

　서울 시내의 한 멀티플렉스 영화관. 텅 빈 상영관에 마스크를 쓴 소수의 관객만 자리에 앉아 영화 시작을 기다리고 있다. 관람객은 나를 포함해 세 명. 설 연휴 끝난 비수기를 감안해도 박스오피스 1위를 달리고 있는 영화의 상영관치고는 너무 썰렁하다.

　눈에 보이지 않는 바이러스의 공포. 거리에 사람이 보이지 않는다. 서울의 주요 번화가가 한산하고 늘 붐비던 식당에도 손님들의 발길이 끊겼다. 백화점에는 마스크를 쓴 점원들만 매장을 지키고 있고 놀이동산에도 줄이 사라졌다. 2월에 열리는 학교 졸업식도 줄줄이 취소되고 있다. 누군가의 소중한 추억이 사라지는 중이다.

　마스크를 쓴 사람들이 가득 찬 출근길 지하철. 어디선가 들려오는 재채기 소리에 따가운 눈길들이 집중된다. 단순한 재채기일 거라고 믿고 싶어도 마음 한구석은 편치 않다.

대구 관람차는 잠시 멈췄지만

대구의 주말 풍경. 마치 시간이 멈춘 듯 도시가 차분하다. 중심가 동성로 한복판의 건물에 최근 들어선 대관람차도 멈춰 섰다. 주말이면 연인들이 추억을 만들기 위해 줄 서던 대구의 '핫플레이스'다. 코로나 바이러스 확산 방지를 위해 멈춰 선 관람차는 상황이 안정될 때까지 운행을 무기한 중단했다. 드론의 힘을 빌려 하늘에서 내려다봤다. 잔뜩 흐린 날 무채색의 대구는 빨간색 관람차와 슬픔의 대비를 이루고 있었다.

신종 코로나 바이러스가 할퀴고 지나간 대구는 묵묵히 그 상처를 치유하고 있다. 오가는 사람이 드물고 만나는 사람들도 되도록 대화를 줄인다. 확산 방지를 위해 모두가 스스로 행동 하나하나를 조심한다. 하지만 서로에게 보내는 눈빛만은 따스하다. 주고받는 눈인사와 작은 행동으로 서로를 응원한다. 이 봄과 함께 화창한 도시의 모습이 돌아오기를.

무관중 공연… 쏟아지는 "앙코르!"

인디밴드의 성지로 불리는 서울 신촌의 클럽 롤링스톤즈 라이브 공연장. 공일오비(015B)의 장호일이 만든 록밴드 '장호일밴드'가 공연 준비를 마치고 무대의 막이 오르기를 기다리고 있다. 그런데 무대 앞에 사람이 하나도 없다. 코로나 바이러스 확산 방지를 위한 무관중 공연. 대신 유튜브의 '클럽롤링스톤즈' 채널을 통해 생중계된다. 음악 인생 30년 만에 처음으로 무관중 라이브 공연을 해본다는 장호일은 막이 오르기 전 멤버들과 눈길을 주고받으며 웃음을 터트렸다.

코로나 사태 이후로 공연장들은 문을 닫았고 아티스트들은 설 무대를 잃어버렸다. 이를 위해 새롭게 생겨난 온라인 공연 문화. 무대에 서고 싶은 인디밴드와 공연을 즐기고 싶은 관객들이 생중계 서비스로 만난다. 이곳에서 생중계된 공연은 순간 접속자가 1300명이 넘기도 했다. 반응도 폭발적. 댓글을 통해 뮤지션과 실시간으로 소통하고 후원 계좌로 '관람료'를 보내는 사람도 많았다. 계속되는 앙코르 요청. 장호일은 숨을 고르며 말했다. "처음에는 어색했지만 실시간으로 달리는 댓글을 보며 즐기면서 연주했다."

"보고 싶다"

　경기도 의왕시 경기외국어고등학교 3학년 영어 수업 시간. 텅 빈 교실에서 수업을 시작하며 선생님이 출석 체크를 위해 화면 속 학생들과 인사하고 있다. 웹캠이 없는 학생들은 음성이나 채팅으로 인사를 대신했다. 이 학교처럼 자체 시스템으로 실시간 쌍방향 수업을 하는 학교는 많지 않다. 온라인 개학 이후 대부분의 학교는 EBS 온라인 클래스를 이용하고 있고, 학생들은 미리 녹화된 수업을 듣는다. 접속자가 몰려서 먹통이 된 적도 여러 번.

　코로나 사태로 인한 온라인 수업. 교육부의 말처럼 '미래 교육을 앞당기는 교육 혁신의 계기'가 될 수 있을까. 현장에서 선생님들이 가장 아쉬워한 점은 대화와 소통의 부재다. 수업 중에 학생들과 눈을 마주치고 반응을 볼 수 없어 답답하다고 했다. 학생들은 혼자 방에 앉아서 7시간 동안 화면만 보고 있는 것이 고충이라고 입을 모았다. 서로 나눌 수 없는 친구가 없어서 외롭다는 말도 덧붙였다. 온라인 수업 중에 기억에 남는 순간이 있냐는 질문에 김서연(경기외고 3년) 학생이 말했다. "선생님이 온라인 수업을 하다가 카메라를 돌려서 교실 창밖에 활짝 핀 벚꽃을 보여주셨어요. 순간 가슴이 뭉클하며 울컥했어요. 수업을 듣던 반 친구들도 눈물을 닦았어요. 선생님과 친구들이 너무 보고 싶어요."

"그래도 우리 웃어요"

모두가 잠든 새벽. 서울 남산에서 도심을 바라보니 유독 한 건물이 환하게 웃고 있다. 밀레니엄 힐튼 서울 호텔에서 비어있는 객실 등불을 켜서 웃는 모양을 만든 것. 코로나 위기로 힘든 사람들에게 따뜻한 희망의 메시지를 보내고자 호텔 직원들의 아이디어로 점등을 시작했다고 한다. 처음에는 하트 모양이었다가 며칠 전 웃는 모양으로 바꾸고 이번 달 말까지 점등 기간을 연장했다. 롯데호텔 서울, 베스트웨스턴 서울가든 등도 객실 점등으로 응원의 메시지를 표시하고 있다.

밖에서 보는 사람은 아름답지만 호텔 사람들에게는 가슴 아픈 현실이다. 코로나 사태로 직격탄을 맞은 관광 산업. 비행기는 멈춰 섰고 호텔 객실은 텅 비었다. 그 여파로 항공사 승무원 친구는 무급 휴직에 들어갔고, 베테랑 여행 가이드였던 친구는 버티다 못해 결국 직업을 바꿨다. 관광 업계 외에도 얼마나 많은 사람이 경제적인 고통을 겪고 있는지 모른다. 우울한 경제 전망이 쏟아지며 불안하기도 하다. 그럼에도 꿋꿋이 버티며 이겨내려는 사람들을 보면 힘이 난다. 어둠으로 차갑게 식어있는 도심 속에서 우연히 마주친 저 웃음이 유난히 반갑게 느껴졌던 이유다.

'소월길 텔레비전'을 아십니까

　서울 남산 소월길의 보성여고 앞 버스 정류장. 오래된 아날로그 텔레비전 모양이다. 몇 년 전 한 예술가가 만든 작품이다. 고즈넉한 분위기에 사색을 즐길 수 있는 소월길을 지날 때마다 텔레비전 화면에 오늘은 어떤 모습이 그려질지 기대하곤 했다.

　장맛비가 내리던 날 오후, 소월길을 지나다 그 정류장에서 요즘 TV에서 흔히 보는 장면과 마주쳤다. 수업을 마친 학생들이 마스크를 쓴 채 버스를 기다리고 있는 모습. 후텁지근한 날씨에도 온종일 마스크를 쓰고 수업을 들었을 생각을 하니 안쓰러웠다. 이날 '소월길 텔레비전'에서 본 화면이 하루빨리 추억의 한 장면으로 흘러갔으면 좋겠다. 오래된 텔레비전처럼.

날자, 민들레 꽃씨처럼

"민들레 꽃이 지면 이렇게 씨앗으로 변해서 모여 있어. 그러다 바람이 불면 멀리 날아가서 새싹으로 다시 태어나는 거야. 한번 불어봐." 초등학교에 막 입학한 아이에게 홈스쿨링을 하는 중이다. 휴가를 내고 온라인 수업을 도와주다 민들레 씨앗 이야기가 나왔길래 인근 공원으로 데리고 나왔다. 아이는 바람을 타고 씨앗이 날아가는 모습이 신기해서 눈을 떼지 못한다.

인생의 첫 학교를 온라인으로 입학한 '코로나 세대' 초등학교 신입생. 어느덧 5월인데 담임 선생님과 같은 반 친구들 얼굴은 아직 한 번도 본 적이 없다. TV를 통해 매일 만나는 EBS 선생님이 가장 친숙해 보인다. 며칠 전 교육부에서 등교 날짜를 발표했나. 드디어 학교에 간다고 하니 아이는 신이 나서 환호성을 질렀다. 번갈아가며 휴가를 내고 온라인 수업을 도와주던 나 같은 맞벌이 부부들도 한시름 놨다. 몇 달간 집에서 화면으로 세상을 배우던 아이가 넓은 세상으로 나가 많은 것을 보고 경험했으면 좋겠다. 바람을 타고 훨훨 날아가는 민들레 꽃씨처럼.

박수 대신 깜빡이… 자동차 콘서트

경기도 고양시 킨텍스 야외 주차장. 300여 대의 자동차가 일제히 화려한 무대를 향해 서 있다. 현대자동차가 주최한 'Stage-X' 드라이브 인 콘서트. 무대에서는 지휘자 금난새가 오케스트라와 함께 클래식 음악을 연주하고 관객들은 자동차에서 라디오 주파수를 맞춰 감상한다.

코로나 사태 이후로 오랜만에 열린 콘서트다. 일감이 끊겼던 공연 업계와 연주자들, 자동차 속 관객들 모두 기쁨을 감추지 못했다. 곡이 끝날 때마다 관객들은 박수 대신 차량 깜빡이로 화답했다. 자동차 공연이 아직 익숙하지 않아서 벌어진 해프닝도 있었다. 경적 소리로 환호하는 차량들 탓에 인근 주민들의 항의가 들어와서 소리 대신 전조등을 켜달라는 안내 방송을 하기도 했다. 난생처음 자동차 앞에서 공연해본다는 금난새 지휘자는 "요즘 같은 시기에 필요한 플랫폼 같다. 이렇게라도 관객들과 만나는 기회가 많아졌으면 좋겠다"고 말했다.

장기화되고 있는 코로나 시대. 다시 이전과 같은 삶으로 돌아갈 수 있을까. 공연 마지막에 '우리 조금만 더 노력해요. 그날이 올 거라 믿어요'라는 내용의 영상이 나왔다. 자동차 안으로 운전석의 눈물이 얼핏 보였다.

코로나 시대의 비대면 대학 축제

대학 축제가 열리고 있는 서울대학교 문화관. 학생들이 노래를 뽐낼 수 있는 '씽스틸러' 본선 공연이 열리고 있다. 화려한 조명과 음향에 불꽃까지 등장하는 멋진 무대였지만 관람석은 텅 비어있다. 코로나 확산에 대비해 유튜브 라이브로 생중계하는 무관중 공연이다. 작년에 이 학교는 코로나 때문에 축제를 모두 취소했다. 총학생회는 고심 끝에 올해는 비대면 온택트(Ontact) 방식으로 축제를 열기로 했다.

무대에 선 학생들의 혼신의 힘을 다한 열창. 관객의 함성은 없었지만 이를 중계한 유튜브에는 공연에 감탄하는 댓글이 달리기 시작했다. 블랙핑크의 'Lovesick girls'를 멋지게 부르고 내려온 학생에게 비대면 축제 소감을 물었다. "관객의 반응을 볼 수 없어서 실감은 안 나지만, 이렇게라도 축제에 참여할 수 있어서 다행이에요. 다만 학창 생활의 꽃인 봄 축제를 제대로 즐길 수 없는 현실이 슬프기도 해요."

선생님의 특별한 선물

　서울 보라매초등학교 아침 등굣길. 교실로 향하던 아이들 눈이 휘둥 그레졌다. 일일 밴드로 변신한 선생님들이 로비에서 연주를 시작했다. 학교에는 버스커버스커의 '벚꽃 엔딩' 멜로디가 울려 펴졌다. 처음에는 어색해하던 아이들 얼굴이 어느새 봄날처럼 환해졌다. 우쿨렐레를 연 주하고 기타를 치며 드럼을 두드리고 노래를 부르는 선생님들. 어린이 날을 맞아 선생님들이 학생들에게 주는 특별한 선물이다. 작년 이맘때 는 코로나 방역으로 등교가 중단돼서 학교가 텅 비어 있었다. 올해는 선생님들이 등교하는 아이들에게 기억에 남을 만한 선물을 해주고 싶 어서 이 연주를 준비했다고 한다. 가사는 교사들이 직접 어린이날 버 전으로 개사했다. '오늘은 어린이날, 흩날리는 이팝꽃이 건강하게 자란 우리를 축하하네요'. 선생님과 학생 모두 마스크를 쓰고 있어서 표정을 볼 수는 없었지만, 마스크 위로 보이는 눈빛에는 따뜻함이 가득했다.

코로나가 바꾼 졸업식 풍경

경기도 의왕시 경기외국어고등학교 3학년 교실. 졸업장을 받으러 학교를 찾은 학생들이 만나 포옹하며 작별 인사를 하고 있다. 매년 강당에서 멋진 졸업가운과 학사모를 걸치고 성대하게 졸업식을 치르던 이 학교는 코로나 확산 방지를 위해 올해는 졸업식을 취소하고 졸업장만 나눠주기로 했다. 대신에 개별적으로 기념사진을 찍을 수 있도록 교실 앞에 졸업가운을 가져다 놨다. 선생님에게 졸업장과 앨범을 받아든 학생은 "졸업생들이 모두 모여 학사모 날리는 꿈을 꿨는데 아쉬움이 많이 남아요"라고 말하며 정든 교실을 나섰다.

가장 힘든 시기에 코로나까지 겪어낸 고3 학생들. 눈에 보이지도 않는 바이러스는 학창 시절을 마무리하는 이들에게 단 한 번뿐인 소중한 추억도 허락하지 않았다. 교문을 나서는 학생들을 애틋한 눈빛으로 바라보던 선생님이 학생들에게 꼭 해주고 싶은 말을 전해줬다. "이런 경험들이 훗날 사회에 나가서 살아가는 데 큰 힘이 되어 줄 거라 믿어요. 졸업을 진심으로 축하합니다"

현실도 아름다웠으면

　아름다운 꽃으로 둘러싸인 가게 안에 주인이 홀로 앉아 자리를 지키고 있다. 조화(造花)를 팔고 있는 꽃집. 서울 종로 5가 마전교 지하도 상가를 지나다가 마주친 모습이다. 이야기를 듣고 싶어서 말을 걸자 긴 한숨을 내쉬었다. 이곳에서 장사한 지 40년 됐는데 이렇게 장사가 안 됐던 적은 처음이라고 한다. 코로나 사태 이후로 모든 행사가 취소되고 인테리어를 하겠다는 사람도 없어져 조화의 매출이 90% 이상 줄어버렸다고 한다. 추석을 앞두고 이맘때면 성묘객들로 대목이었는데 올해는 하루에 손님 두 명 이상을 만나기 힘들다. 주인은 "하루 밥값도 못 벌고 있다"며 쓴웃음을 지었다.

　요즘은 자영업자를 취재할 때가 가장 힘들다. 어딜 가나 손님 없이 텅 빈 가게들. 사연을 들어보면 구구절절 가슴 아프다. 가장 풍요로워야 할 때인데 코로나가 바꿔버린 명절. 그 어떤 말보다 응원과 격려가 필요한 추석이다.

아, 떠나고 싶다

해 저무는 늦은 오후, 인천국제공항 활주로에서 막 이륙한 비행기 한 대가 붉은 노을 위를 지나고 있다. 누구를 태우고 어디로 날아가는 걸까. 코로나 사태 이후 해외여행은 생각조차 할 수 없을 정도로 외국으로 가는 문이 굳게 닫혀버렸다. 국토교통부 통계에 의하면 코로나가 심각해진 4월부터 7월까지 국제선 여객 수는 지난해 같은 기간에 비해 97.7% 급락했다. 해외여행객은 사라졌고 광화문에 그 많던 여행사들도 대부분 문을 닫았다. 언제쯤 다시 정상화될지 기약조차 없다.

외국의 낯선 곳을 여행하는 것만큼 설레는 순간이 또 있을까. 새로운 세상을 보고 느끼며 알게 되는 뜻밖의 깨달음. 그 감정을 카메라에 담기 위해 셔터를 누르는 순간을 가장 좋아한다. 요즘 페이스북과 인스타그램에는 친구들이 과거 여행했던 사진을 올리며 추억하는 글이 부쩍 많아졌다. 다들 언제 어디든 문득 떠날 수 있었던 때를 그리워하는 것 같다. 멀어져 가는 비행기를 바라보며 되뇌었다. '아, 떠나고 싶다.'

엄마는 일하고 있어요

재택근무 중인 KT 이윤정 과장의 근무시간. 집중하기 위해 공부방에서 일하곤 한다. 문 앞에는 '출입 금지'라고 써 붙였다. 개구쟁이 여섯 살 아들 문경이 때문이다. 하지만 엄마가 궁금한 아이는 자주 문을 열어본다. 엄마는 빼꼼 열린 문틈 사이로 방긋 웃는 아이 얼굴을 보고 웃음을 터뜨렸다. 취재하느라 들른 가정집에서 우연히 마주친 장면이다.

코로나 장기화로 많은 직장인이 재택근무를 하고 있다. 집에서 일하니 편하겠다는 생각은 오산. 어린아이를 둔 가정은 그야말로 전쟁이다. 중요한 화상 회의 때 난입하기, 거래처와 통화 중 떼쓰기, 급히 보고서 쓰는데 놀아달라며 보채기 등등. 견디다 못해 버럭 화를 내기도 한다고. 아이들도 할 말이 많다. 나가 놀고 싶어도 놀 데가 없고 친구를 만나고 싶어도 만날 수 없다. 누군 이러고 싶어서 집에 있느냐고 불만을 토로한다. 한국에 첫 코로나 확진자가 나온 지 벌써 1년. 오늘도 희망의 문구를 떠올려 본다. '이 또한 지나가리라.'

#backto
#back
BAESAr
walID

마스크, 언제쯤 벗을 수 있을까

　서울 성수동의 한 외벽에 그렸던 벽화를 지우고 있다. 벽 공유 플랫폼 월디(WALLD)가 '코로나 없는 세상을 꿈꾸며'를 주제로 선보였던 스트리스 아트. 방역 최전선에 있는 의료진에게 감사한 마음을 전하기 위해 코로나 이전 같은 일상 속에서 환하게 웃는 모습을 뮤럴라이프 소속 아티스트(고승영, 한해동, 홍성준)들이 3일간 페인트로 그린 작품이다.

　이 캠페인을 기획했던 지난 6월만 해도 코로나 확진자가 눈에 띄게 감소하는 추세였다. 그래서 마스크를 벗고 자유롭게 웃는 얼굴을 콘셉트로 정했다고 한다. 그런데 그림을 그리기 시작한 8월 중순 갑자기 코로나 확진자가 급속도로 증가하기 시작했다. 방역 단계가 격상되자 경각심을 가지자는 의미에서 대형 마스크를 제작해 그림에 덧붙였다. 기획자는 코로나가 잠잠해지면 마스크를 떼어낼까도 생각해봤지만, 결국 캠페인이 끝나는 날까지 벽화 속 주인공은 마스크를 쓰고 있을 수밖에 없었다.

　벽화가 철거되는 날에야 비로소 벗겨진 마스크. 그림 속 그녀의 미소는 무척 아름다웠다. 우린 언제쯤 이 답답한 마스크를 벗을 수 있을까. 사람들의 표정이 보고 싶다.

슬프도록 아름다운 불빛

강원도 화천군 화천읍 중앙로. 밤이 되자 LED 조명 2만7000개, 주민들이 직접 만든 산천어 선등이 한적한 거리를 화려하게 비춘다. 머리 위로 색색 산천어가 무리 지어 유영하듯 선등 행렬이 아름답게 이어진다. 화천의 밤을 곱게 물들이는 선등 거리는 매년 이곳에서 여는 산천어 축제와 함께 만드는 지역 명물이다. 코로나로 축제가 취소된 올해는 주민들을 위로하고자 조성했다.

불빛과는 딴판으로 거리 분위기는 싸늘했다. 산천어 축제는 국내의 대표적 겨울 축제로 꼽히며 작년에만 180만명이 화천을 방문했고 수익 1300억원을 올렸다. 이 모든 경제 효과가 코로나 대유행으로 물거품이 됐으니 주민들의 심정은 오죽할까 싶다. 주민에게 말을 건네자 "1년 장사를 망쳤는데 원망할 사람도 없다"며 깊은 한숨을 내쉬었다. 주말 저녁인데도 이곳을 찾아오는 이는 거의 없었다. 화려한 불빛만 슬프도록 아름답게 반짝이고 있다.

명동, 아 옛날이여

　설 연휴를 며칠 앞두고 서울 명동 거리 한복판에 섰다. 명동 인파를 찍을 때면 늘 서던 자리. 이 포인트에서 7년 전 이맘때 찍었던 사진 한 장을 꺼냈다. 당시 중국 최대 명절 춘제(春節·중국의 설) 연휴를 앞두고 한국을 대거 방문한 관광객들이 발 디딜 틈 없이 명동 거리를 가득 메웠었다. 사진 속에는 중국어와 일본어로 인사말이 적힌 플래카드가 줄줄이 걸려 있어서 설을 앞두고 축제 분위기였다.

　코로나 팬데믹의 직격탄을 맞은 지금 명동은 사진과는 정반대의 모습을 하고 있다. 외국인 관광객이 사라지자 거리는 텅 비었고, 버티던 상인들이 떠나기 시작하자 건물은 유령 상가처럼 변했다. 차가워진 날씨에 꽁꽁 언 손을 녹이며 노점에 앉아있던 한 노인에게 '오늘 얼마나 파셨느냐'고 묻자 대답 없이 미소만 지으신다. 더 이상 질문을 하지 못하고 짧은 인사만 건넸다. "새해 복 많이 받으세요."

국민 여러분·의료진 여러분, 모두 존경합니다!

　도심에 어둠이 내리자 서울역 맞은편 서울스퀘어빌딩 외벽에 방호복을 입은 의료진이 등장했다. 두 손으로 '존경합니다'를 의미하는 수어 동작을 한다. 대상은 국민 여러분. '덕분에 챌린지' 캠페인이 코로나 최전선에서 방역과 치료에 헌신하고 있는 의료진에게 전하는 응원과 감사였다면, 이번에는 반대다. 그동안 방역 대책에 협조해 준 국민을 향한 감사의 표시다. 중앙안전대책본부의 이 미디어 파사드는 오는 8월 6일까지 저녁 8시부터 한 시간 간격으로 하루 세 번 송출된다.

　국내에서 코로나 첫 확진자가 발생한 지 어느덧 6개월. 계절은 바뀌었어도 의료진은 여전히 두꺼운 방호복을 입고 현장에서 사투를 벌이고 있다. 일반인들도 마스크를 생활화한 채 방역 수칙을 지키며 제한된 일상을 묵묵히 참아내고 있다. 이 시대를 살고 있는 우리 모두에게 꼭 필요한 말이다. '존경합니다!'

반짝반짝 빛나는 2022년이 되기를

국립현대미술관 서울관 한편에 2022년 새해 소망이 적힌 촛불이 반짝이고 있다. 미술관을 찾은 관람객들이 자유롭게 기부함에 돈을 넣은 뒤 LED 초에 새해 소망을 직접 적어서 소망나무에 올려놓은 것이다. 가족의 건강과 행복, 취업 성공, 청약 당첨 등 작은 초에 빼곡히 적어놓은 소원들을 하나씩 읽다 보니 나도 모르게 입가에 미소가 번졌다. 세상을 살아가는 각계각층의 간절함이 느껴졌다. 가장 많은 소원의 주제는 역시 코로나였다. '제발 대학 등교하게 해달라'는 대학생의 소원도 있었고, 어린이가 삐뚤빼뚤 눌러 쓴 '코로나 X' 글귀도 눈에 띄었다. '코로나가 끝나서 웃으며 장사하게 해주세요'라는 자영업자의 소망에는 절실함이 느껴지기도 했다. 길고 어두웠던 터널에서 나와 환하게 빛나는 2022년이 되기를.

굿바이, 코로나

경기도 안성시 안성팜랜드 유채꽃밭. 드론의 힘을 빌려 하늘에서 내려다보니 노란 꽃밭 한가운데 이런 문구가 새겨져 있다. 'Good-bye COVID19'. 봄꽃 만개한 들판에 새겨진 문구는 코로나와 함께하는 봄을 상징하는 듯해 안쓰러워 보였다.

　　계절마다 드넓은 초지가 아름다운 꽃들로 뒤덮여서 사람들의 발길이 끊이지 않던 안성팜랜드는 작년 코로나 사태로 힘든 한 해를 보냈다고 한다. 입주해 있는 소상공인들과 협력 농장들이 버틸 수 있었던 건 희망 때문이었다. 그래서 올해는 코로나를 떠나보내고 꿈꾸던 포스트 코로나 시대를 맞이하자는 의미에서 유채꽃밭에 소망을 담은 문구를 새겨 넣었다. 이제 그만 작별 인사를 하자는 간절한 마음을 담아서, '굿바이, 코로나!'

4. 하늘에서 바라본 세상
: Bird's Eye

봄이 피어났다

전남 구례 화엄사의 아침 풍경. 지리산에서 내려오는 찬 기운이 아직 가시지 않을 무렵, 스님이 싸리 빗자루로 비질을 시작했다. 드론의 힘을 빌려 하늘에서 내려다보니 활짝 핀 홍매화가 기와지붕과 어우러져 한 폭의 수채화 같은 풍경이 펼쳐졌다. 검붉은 빛깔이 아름다워서 흑매화(黑梅花)라는 별칭을 가지고 있는 이 매화는 전국의 사진가들을 불러모은다. 새벽부터 사찰 주변에 100여 명이 자리를 잡고 아침 햇살이 홍매화에 비치는 결정적 순간을 담기 위해 동이 트기만을 기다리는 진풍경도 볼 수 있다.

9m 높이의 웅장한 홍매화는 임진왜란 때 불에 탄 화엄사를 숙종 때 중건하면서 각황전 옆에 기념으로 심어졌다. 이후로 300여 년 동안 같은 자리에서 3월 중순이면 어김없이 꽃망울을 터트린다. 긴 겨울을 보낸 지리산 자락에 거스를 수 없는 봄의 도착을 알리듯.

동네 테니스장에서 열린 플리마켓

　주말 오후, 경기도 성남시 분당의 양지한양아파트에 있는 테니스장이 사람들로 북적였다. 주민들이 돗자리를 깔고 안 쓰는 물건들을 늘어놓고 사고파는 플리마켓. 가격은 대부분 5000원 미만으로 아이 옷이나 장난감이 가장 많았다. 주민들이 테니스장에서 플리마켓을 연 데는 이유가 있다. 이 공간은 단지 주민 소유임에도 20년 넘게 테니스 동호회가 자물쇠를 걸어 잠그고 관리해왔다. 동호회원 100여 명 중 아파트 입주자는 단 10여 명뿐. 입주자대표회의는 주민 뜻을 모아 법원에서 재판 끝에 이곳을 주민 모두가 이용할 수 있는 곳으로 만들었다. 이날만큼은 해 질 녘까지 웃음소리가 끊이지 않던 '옛 테니스장'. 평소 마주치던 동네 사람들끼리 정겹게 인사를 나누고 아이들이 고사리 같은 손으로 직접 1000원짜리와 동전을 주고받는 모습이 기운 가을 햇살처럼 따사로웠다.

아파트 공화국, 대한민국

　부동산 열풍의 중심, 서울 강남권 재건축 아파트 단지. 36년 전 가락 시영 아파트가 헬리오시티로 변신해 입주를 기다리고 있다. 하늘에서 내려다본 모습은 잘 다듬어진 조형물처럼 '삐까뻔쩍'하다.

　서울 강남의 아파트 단지는 격변 중이다. 오래된 아파트를 때려 부수며 철거하는 모습, 철거를 마치고 허허벌판 공터로 변한 모습, 펜스 안에서 철거를 기다리는 모습, 그리고 '환골탈태'를 마치고 새 주인을 기다리는 모습이 곳곳에 공존한다.

　아파트 공화국이라 불리는 한국. 아파트에서 태어나 아파트에서만 살아본 사람 숫자도 늘어나고 있다. 그나마 요즘 새로 지은 아파트는 단지 안에 문화시설이 있고 커뮤니티도 생겨난다. 일견 반가운 소식이지만, 단지 밖 이웃들과는 차별성을 강조하는 것 같기도 하다. 낡은 아파트는 점차 사라지고 이제 새로운 아파트가 탄생할 것이다. 오래된 단독주택들도 아파트로 거듭나는 세상. 하지만 그다음 시대에는 어떨까. 아파트는 과연 불패일까.

가야 고분의 위엄

동이 트자 아침 햇살은 산 위에 우뚝 솟은 고분들부터 비추기 시작했다. 경북 고령군 지산동 고분군. 능선을 따라 5~6세기 가야 왕족의 봉토분 700여 기가 모여 있다. 드론으로 하늘에서 내려다보니 대가야의 장엄함이 느껴진다.

가야 연맹의 전성기를 이끈 대가야의 중심지 고령에 자리한 지산동 고분군은 한반도 남쪽에 퍼져 있는 가야 고분군 중 가장 규모가 크다. 국내에서 처음으로 40여 명의 순장 무덤이 발견된 곳이기도 하다. 고분군에서 출토된 유물을 통해 가야는 활발한 국제 교역으로 다양성과 공존을 추구한 고대 문명으로 인정받았다. 덕분에 영남과 호남에 있는 가야 유적 7곳을 묶은 '가야 고분군(Gaya Tumuli)'은 오는 9월 우리나라에서 16번째로 세계문화유산에 등재될 예정이다.

아빠는 언제나 '든든한 버팀목'

경기도 양평의 한 얼음썰매장. 논두렁에 물을 얼려놓고 인근 주민들이 겨울마다 얼음 썰매를 탄다. 그림자가 길어지고 해가 뉘엿뉘엿 넘어갈 무렵 아빠와 딸이 넓은 얼음판을 몇 바퀴째 돌고 있다. 자전거를 개조한 썰매에 올라탄 딸의 웃음소리가 얼음판을 지친다. 무거운 썰매를 밀고 있는 아빠는 점점 힘들어 보인다.

추운 날씨에도 이마에는 땀이 송골송골 맺혀가고 입에서는 하얀 입김이 뿜어져 나온다. 그래도 딸에게 힘든 내색 한 번 하지 않는다.

몇 년 전 트위터에 올라온 사진 한 장. 폭우가 쏟아지는 거리를 아빠와 아들이 걸어가는 모습이었는데, 유치원 가방을 메고 걸어가는 아들 머리 위로 아빠가 우산을 받쳐주고 있다. 아빠는 속살이 보일 정도로 폭우에 온몸이 다 젖어버렸다. 그 사진을 본 사람들이 감동했고 너도나도 사진을 공유했다.

아이가 세 살 되던 해. 잠든 아이를 안고 주차장을 걸어가다가 돌부리에 발이 걸려 중심을 잃은 적이 있다. 앞으로 넘어지는 짧은 순간에도 아이에 대한 걱정이 머릿속을 가득 채웠다. 결국 아이를 들어 올리고는 두 팔꿈치로 콘크리트 바닥과 충돌했다. 팔꿈치는 만신창이가 됐지만 아이는 무사했다. 안도했다.

동심으로 물든 도심

서리풀 페스티벌이 열리고 있는 서울 서초구 반포대로. 항상 차량 행렬로 북적이던 아스팔트 도로 위에 아이들이 엉덩이를 깔고 앉아 분필로 알록달록 그림을 그리고 있다. 위험하니 절대로 들어가지 말라고 신신당부하던 곳. 경계가 허물어지자 얼굴에는 자유로움이 가득하다. 손잡고 함께 도로 한복판까지 걸어온 부모들도 바닥에 앉아 잠시 동심의

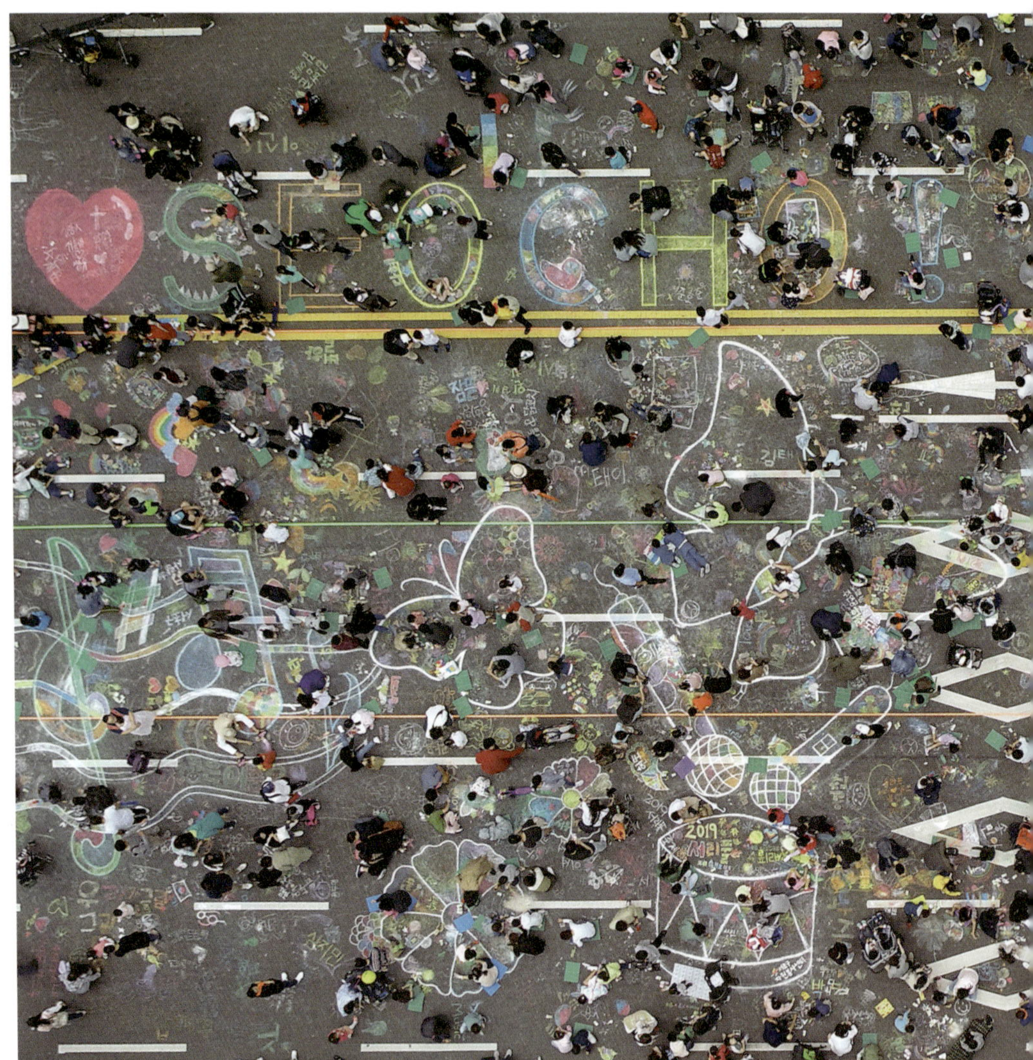

세계에 빠졌다.

수만 명의 사람이 반포대로를 가득 메웠고, 반나절 만에 1㎞가 넘는 도로는 색색의 그림들로 가득 찼다. 축제가 끝나고 모두가 잠든 밤. 10여 대의 살수차가 일제히 도로에 물을 뿌리며 지나갔다. 알록달록 도화지는 거짓말처럼 순식간에 다시 회색빛 아스팔트로 변했다. 그리고 예전처럼 차들이 쌩쌩 달리기 시작했다. 잠시 동화 같은 꿈을 꾼 것만 같다.

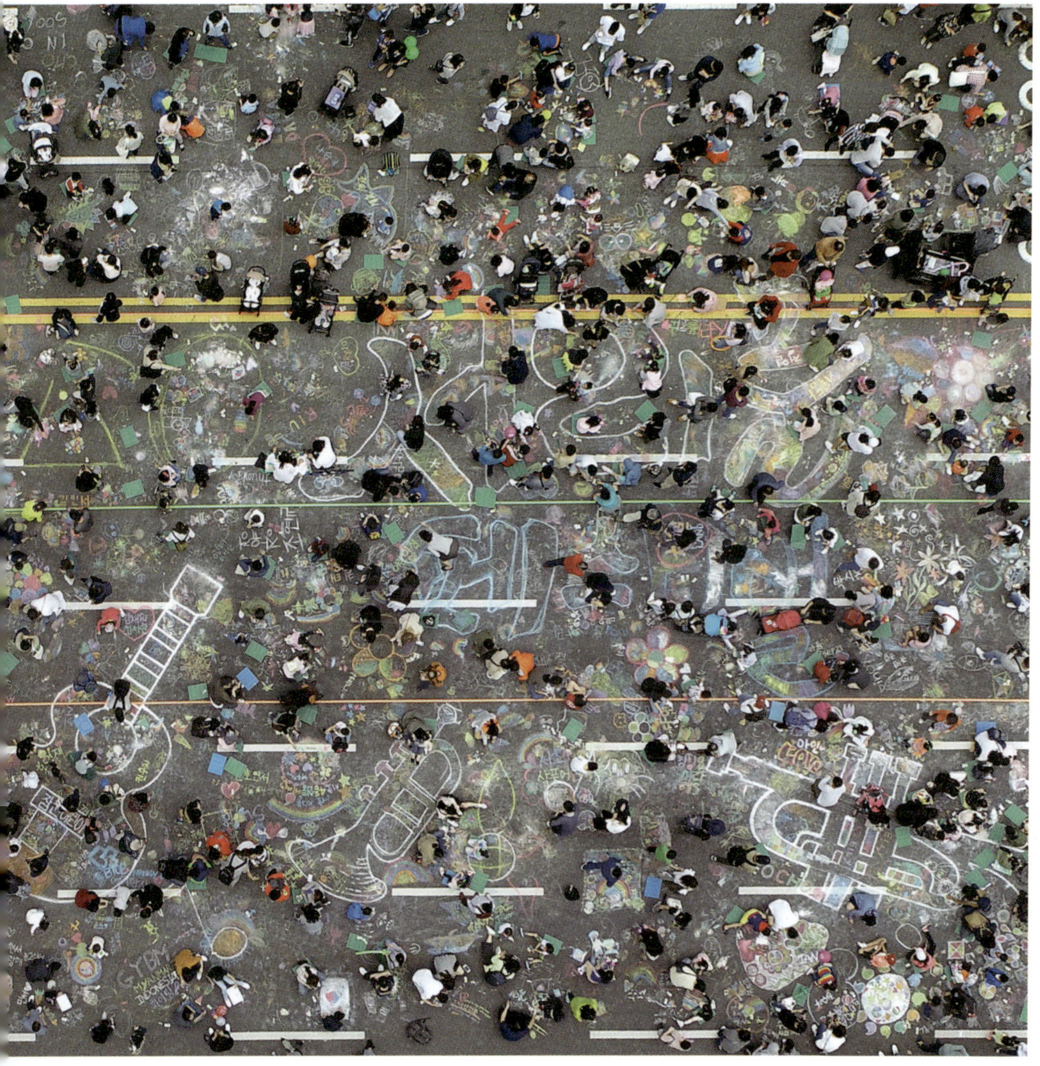

하늘에서 즐기는 우아한 산책

　새벽 동이 터 오르자 충남 부여 상공으로 열기구가 서서히 떠오르기 시작했다. 구름처럼 가볍게 둥실둥실 떠다니는 모습. 드론을 통해 하늘에서 내려다보니 아름다운 백마강과 새벽안개가 어우러져서 마치 예쁜 그림엽서 같았다. 열기구는 오로지 바람에 의지해서 날아간다. 고도마다 바람의 방향이 다르기 때문에 조종사는 풍선 속 공기를 데워가며 고도를 조절해서 원하는 방향으로 향한다. 워낙 날씨의 영향을 많이 받아서, 먹구름이 끼거나 갑자기 바람이 바뀌면 탑승 직전에 운항이 취소되기도 한다. 그래서 '3대가 덕을 쌓아야 탈 수 있다'는 말도 있다. 고도 600미터까지 올라가서 새처럼 자유롭게 비행한 후 목적지에 사뿐히 내려앉은 열기구. 엔진 소리나 흔들림 없는 고요한 비행이 비현실적으로 느껴졌다던 한 탑승객은 "하늘에서 우아한 산책을 즐기다 온 것 같아요"라고 말했다.

고래섬은 왜 하얗게 변했을까

　대전 대청호 안에 있는 작은 무인도. 생김새가 고래를 닮아서 이름이 '고래섬'인 이곳이 눈이라도 쌓인 듯 하얗게 변해 있다. 얼핏 근사해 보이지만, 사실은 고래섬에 둥지를 튼 민물가마우지 1000여 마리의 배설물 흔적이다. 요산 성분이 많은 배설물 때문에 백화 현상이 나타나서 나무와 풀이 죽고 토양도 황폐해졌다.

　민물가마우지는 원래 겨울 철새였는데 대청호가 서식지로 환경이 좋았는지 떠나지 않고 텃새로 자리 잡았다. 그러자 골칫거리가 생겨났다. 하루에 물고기를 ½kg 먹는 대식가라 인근 어족 자원이 고갈되기 시작했고, 고래섬은 하얀 배설물로 뒤덮였다. 지자체는 퇴치 방법을 고민했다. 그런데 섬의 나무를 베어내면 새들이 거처를 도심으로 옮겨 가 시민들에게 직접적으로 피해를 줄 위험성이 제기됐다. 그렇다고 새들을 무작정 잡을 수도 없다. 뾰족한 수가 없는 난제가 돼버렸다.

지구를 지키러 왔다

무전기에서 들려오는 비장한 목소리. "셋, 둘, 하나, 게임 시작!" 그러자 전투복을 입은 사내 10여 명이 소총을 겨눈 채 일사불란하게 적진을 향해 침투했다. 긴장감이 최고조에 이르던 순간, 상대 팀이 시야에 잡히자 총알이 난무하기 시작했다. 가까운 거리에서는 허리에 차고 있던 권총을 꺼내 재빠르게 대응 사격도 한다. 이곳은 '에어소프트 건' 게임 동호인들이 모여 전투를 벌이고 있는 경기도 남양주의 한 모의 전투 게임장. 두 팀으로 나눠 벌어진 게임은 마치 특수부대원들이 벌이는 시가지 전투를 방불케 했다. 안전 규정과 게임 수칙은 철저히 지켜졌다. BB탄 총알 한 발만 맞아도 손을 들고 필드 밖으로 나가고, 한쪽 팀이 모두 전사하면 승부가 갈린다. 체력 소모가 많은 게임이지만 참가자들 얼굴에는 흥미진진함이 가득했다. 교수, 사업가, 비행기 조종사, 뮤지션 등 구성원도 다양하다. 휴식 시간에 잠시 방탄 헬멧을 벗은 한 참가자는 "이렇게 흠뻑 땀 흘리고 돌아가서 다시 열심히 살아가요. 스트레스는 BB탄과 함께 날려 보냈습니다"라고 말하며 웃음 지었다.

休, 나를 찾지 마세요

　전남 구례군 섬진강변 대나무 숲길. 대나무 잎이 바람에 스치는 소리가 시원하게 들린다. 하루를 뜨겁게 달군 해가 넘어갈 무렵, 아이가 그네에 몸을 실었다. 드론을 띄워 하늘에서 내려다봤다. 대나무 숲이 만들어준 그늘에서 그네를 타는 모습이 자유롭고 청량해 보였다.

　너나없이 휴가를 떠나는 기간. 일터에서 일분일초를 다투며 고민한 일들이, 한 발짝만 떨어져 생각해 보면 그렇게 조급해 할 일이었는지 곱씹게 된다. 피곤해진 몸을 이끌고 무심코 떠난 여행에서 마음이 치유된 기억이 많다. 해맑은 얼굴로 전쟁터 같은 현장에 다시 돌아올 수 있었던 건 균형을 회복했기 때문이다. 에너지를 쏟아내며 바쁘게 살아온 당신에게도 이제 휴식이 필요한 시간이다.

한 폭의 수묵화처럼

인천 소래습지생태공원에 있는 소래 염전. 하얀 한복에 밀짚모자를 쓴 두 일꾼이 커다란 밀대를 밀며 소금을 모으고 있다. 드론을 이용해 하늘에서 내려다보니 예술가들이 한지 위에 한 폭의 수묵화를 그리는 듯하다.

소래 염전은 일제강점기인 1930년대에 일본이 소금을 만들어서 인천항을 통해 가져갈 목적으로 만들어졌다. 소금 수탈의 역사를 간직한 이 염전은 1996년 폐쇄됐다가 소래습지생태공원이 조성되면서 염전 체험장으로 다시 부활했다. 소금은 기다림과 노력 끝에 만들어진다. 바닷물을 가두고 땡볕에 이틀을 말린 후 정성스레 소금을 거둔다. 중간에 빗물이 조금이라도 섞이면 염도가 낮아져서 다시 시작한다고 한다. 염전에서 거둬들인 소금은 손수레를 이용해 나무로 지어진 소금 창고로 실어 나른다. 기계를 사용하지 않는 옛날 방식이다. 소금창고에서 건조되면 드디어 아름다운 육면체의 결정체 천일염이 탄생한다.

이 순간을 기다려왔다

　잔디밭 위에 돗자리를 깔고 앉은 사람들이 환호성을 지르기 시작했다. 코로나 팬데믹 이후 3년 만에 다시 열린 '서울재즈페스티벌'의 관람석을 하늘에서 내려다본 모습. 빼곡히 들어찬 관객들이 멋진 봄날의 소풍처럼 공연을 즐기고 있다. 이번 축제는 티켓 3만 장이 온라인 판매가 시작되자 단 3초 만에 매진될 정도로 열기가 뜨거웠다. 그동안 참아왔던 흥을 쏟아내려는 듯 현장 분위기는 말 그대로 축제 같았다. 관객들은 음식을 먹을 때를 제외하고는 대부분 마스크를 쓰고 있었지만, 음악에 맞춰 춤추고 소리치며 가수의 노래를 함께 따라 불렀다. 무대 위 아티스트들도 이런 관객들의 모습을 보고 노래를 부르던 도중 감탄사를 쏟아냈다. 포항에서 KTX를 타고 왔다는 한 관객은 "마스크에 갇혀서 답답했던 마음이 모처럼 뻥 뚫리는 것 같아요. 너무나 기다렸던 순간이었습니다"라고 말했다.

한국의 알프스에서 즐기는 여유

　강원도 태백 산골짜기의 드넓은 초원. 산양들이 자유롭게 돌아다니며 풀을 뜯고, 한편에서는 벤치에 앉은 사람들과 교감하고 있다. 드론의 힘을 빌려 하늘에서 내려다본 풍경. 사람과 동물이 자연을 배경으로 평화롭게 어우러진 모습이 마치 동화 속 한 장면 같다. 해발 800m 고원 지대에 위치한 몽토랑산양목장에서는 산양 100여 마리가 넓은 목초지에서 자연 방목으로 자라고 있다. 스위스 현지 답사를 하고 온 목장 주인이 알프스 같은 낙농업을 하고 싶어서 이곳에 산양 목장을 만들었다고 한다. 여기서 나오는 산양유로 각종 유제품과 빵을 만들어낸다. 산양은 워낙 온순하고 사람을 잘 따라서 어른 아이 할 것 없이 금방 친해질 수 있다. 카메라를 들고 있으니 호기심에 먼저 다가온 어린 산양. 하얀 털을 쓰다듬어주니 어느새 주위로 친구들이 잔뜩 몰려들었다. 눈앞에 펼쳐진 백두대간과 푸른 초원, 그리고 곁에서 풀을 뜯는 산양들. 여기가 한국의 알프스 아닐까.

저수지의 낚시 좌대… 코로나 거리 두기?

충청북도 진천군 저수지 초평호의 잔잔한 수면 위에 작은 집처럼 생긴 수상 좌대가 잔뜩 떠 있다. 물 위에서 편히 쉬며 낚시를 즐길 수 있는 곳. 하늘에서 내려다보니 수상 좌대들이 마치 일부러 사회적 거리 두기를 하고 있는 것 같다. 물 위에 떠있는 독립된 공간이니 외부인과의 접촉도 줄일 수 있다. 코로나 사태 이후로 밀집된 공간을 갈 수 없게 되자 사람들이 이곳을 찾기 시작했다. 주말마다 160여 수상 좌대가 가득 찬다. 의도치 않게 코로나 특수를 누리고 있는 셈이다.

낚시터 관계자는 이곳의 분위기가 이전과는 조금 달라졌다고 말했다. 예전에는 낚시꾼이 주로 찾았는데, 코로나 이후로 가족 단위로 놀러 오거나 여성끼리 와서 하룻밤 머물며 낚시를 배우고 가는 경우가 많다고 한다. 손님이 많아져서 좋지 않냐는 말에 그는 웃으며 대답했다. "이용객들에게 '요즘 갈 수 있는 곳이 하나도 없어요'라는 말을 가장 많이 들어요. 그 말이 한편으로는 슬프게 느껴지기도 합니다."

세계에서 가장 큰 야외 벽화

인천항 7부두에 우뚝 서있는 사일로(silo). 적막한 어둠 속에 화려한 빛의 옷을 입고 있다. 곡물 저장용 창고로 1979년 만들어진 사일로는 아파트 22층 높이의 큰 규모와 투박한 외관 때문에 한동안 혐오 시설이라는 낙인이 붙어다녔다. 그러다 이미지 개선을 위해 2년 전 외벽에 그린 그림이 기네스북에 올랐다. 세계에서 가장 큰 야외 벽화로 인정받은 것이다.

노후 산업시설의 철거나 재건축이 아닌, 있는 그대로의 창고에 디자인을 더해 지역의 랜드마크로 변신한 셈이다. 하지만 항만의 입지 특성상 외지고 어두운 주변 환경 때문에 해가 지면 다시 암흑 천지로 변했다. 멋진 작품을 밤에도 활용하기 위해 계획된 미디어 파사드. 단 10분간 펼쳐진 시연 운행이었지만, 시멘트 외벽에 비춘 따스한 빛이 추웠던 가슴을 사르르 녹였다. 인천시는 코로나 사태로 당분간 운영 계획은 없지만, 코로나가 잠잠해지면 아름다운 추억을 만드는 장소로 적극 활용하겠다고 말했다.

금단의 하늘이 열리다

청와대 하늘 위에 드론을 띄웠다. 청와대 뒤편 상공에서 내려다보니, 파란색 지붕 앞으로 경복궁과 서울 빌딩 숲이 한눈에 들어온다. 도심과 거리를 둔 채 잘 가꿔진 숲에 둘러싸인 모습이 아늑하면서도 한편으로는 외로운 공간이라는 느낌도 든다. 본관 앞에는 입장하려는 관람객들이 길게 줄 서있었다. 국민에 개방된 지 44일 만에 누적 방문객이 100만명을 넘을 정도로 청와대는 요즘 가장 인기 있는 '핫 플레이스'가 됐다.

청와대 항공 촬영은 얼마 전까지만 해도 상상도 할 수 없었다. 그동안 청와대 인근 반경 8.3km 상공은 비행 금지구역으로 지정돼 드론이 이륙조차 할 수 없는 지역이었다. 하지만 청와대가 개방된 직후 비행 금지구역이 대통령 집무실이 있는 용산 일대로 옮겨지면서 청와대 상공에서 비행이 가능해졌다. 관계 당국에 신청만 하면 언제든 청와대 하늘에서 드론을 띄울 수 있게 됐다. '금단의 하늘'이 열린 느낌이다.

굿바이, 서울올림픽주경기장

88 서울 올림픽 주 경기장으로 사용된 서울 잠실종합운동장 올림픽 주경기장이 역사 속으로 사라진다. 다음 달 시작되는 리모델링 공사를 거쳐 3년 뒤 복합 문화 공간으로 재탄생할 예정이다. 원형의 모습을 기록하기로 했다. 드론을 띄워 내려다보니 지붕이 만들어내는 우아한 곡선이 제일 먼저 눈에 들어왔다. 군데군데 보이는 녹슨 철판과 빛바랜 외벽은 세월의 풍파를 고스란히 드러냈다.

한국을 대표하는 건축가 김수근이 설계한 올림픽주경기장은 콘크리트 기둥 80개로 둘러싸였고, 조선 시대 백자 항아리에서 영감을 받아 지붕을 부드러운 곡선으로 그려냈다고 한다. 이런 외관의 특징을 최대한 보전하면서 리모델링을 진행할 예정이다.

국민들 마음속에 많은 추억을 남긴 경기장. 세계에 한국을 알리는 계기가 된 서울 올림픽은 물론이고 마이클 잭슨을 비롯한 세계적인 가수들의 내한 공연이 모두 이곳에서 열렸다. 새롭게 변신하는 주 경기장도 한국의 역사를 담아내는 상징적인 공간이 됐으면 하는 바람이다.

토요일 아침, 서울에서 가장 바쁜 곳

사교육 일번지 서울 강남구 대치동 학원가의 토요일 아침 풍경. 학원으로 오고 가는 학생들과 '라이딩'을 해주는 학부모 차량들로 교차로가 북적였다. 이곳으로 향하는 네 방향 도로가 다음 교차로까지 꽉 막혀버렸다. 주말을 맞아 인근 수도권은 물론이고 지방에서 학원 수업을 들으러 올라오는 학생들도 있다고 한다. 앳돼 보이는 초등학생부터 덩치 큰 고등학생까지 모든 연령대 학생들이 모여 있었다.

카페마다 자녀를 기다리는 엄마들이 북적거렸다. 이면 도로에는 차량 운전석에 홀로 앉아 시간을 보내는 아빠들도 다수 목격됐다. 한 학부모는 직장 동료와 마주쳐 어색한 인사를 나눴다는 경험담도 들려줬다. 역대 정부마다 사교육을 줄여보려 수많은 정책을 쏟아냈지만, 이곳은 하나도 변한 게 없는 것 같다. 나도 아이를 키워보니, 쉬고 싶은 주말 아침에 대치동 학원가를 배회하는 부모들의 마음이 이해되기 시작했다. 늘어나는 사교육비는 출산율이 감소하는 이유 중 하나가 분명하다.

이것이 '역사 유산'이다

서울 강남구 개포동의 한 재건축 단지. 하루가 다르게 올라가고 있는 신축 아파트 단지 앞쪽으로 허름한 옛 아파트 한 동이 덩그러니 남아있다. 과거 지자체에서 재건축을 허가하며 '미래 유산'이란 명목으로 영구 보존하기로 결정한 5층짜리 낡은 아파트다. 이 단지는 연탄 아궁이 생활상을 보존한다는 이유로 두 동이 남겨졌다.

철거보다는 재생에 초점을 맞췄던 재건축 역사 유산 남기기 정책은 도입 초기부터 많은 논쟁을 일으켰다. 사람들은 과연 옛 아파트가 역사적 보존 가치가 있는지 의문을 제기했다. 실제로 40년간 거주민들의 리모델링으로 인해 연탄 아궁이가 남아있는 집은 거의 없다. 새 아파트 한복판에 흉물처럼 남겨질 거라고 우려했는데, 지금 보니 예상과 크게 다르지 않아 보인다. 최근 서울시는 재건축 흔적 남기기에 대해 재검토를 시작했다. 낡은 아파트를 남긴 박물관보다 시민들의 편의 시설을 만드는 게 낫다는 판단에서다. 그래서 곧 사라질지도 모르는 이 어색한 풍경을 기록으로 남겨둔다.

한국이 만드는 세계의 선박

　조선소 해안 구조물에 계류돼 있는 선박들. HD현대중공업 울산조선소에서 만들고 있는 액화천연가스(LNG) 운반선과 컨테이너선이다. 드론을 이용해 높은 하늘에서 내려다보니 장난감 미니어처를 닮았지만, 실제 배 길이는 300m에 육박하는 대형 선박들이다. 육지에 있는 독(Dock)에서 레고 블록을 합체하듯 조립 과정을 거친 뒤에 바다로 내려와 전자 장비 설치 등 마무리 공정이 진행 중이다. 수많은 인력이 투입돼 1년 이상 공들여 만든 '작품'이 이제 완성을 앞두고 있다.

　지난 10년간 침체기를 겪은 조선업은 올해 마침내 봄을 맞았다. 지금 선박을 주문하면 2027년에야 인도가 가능할 정도로 3년치 주문이 꽉 차 있다고 한다. 이곳에서는 현재 모든 독에서 선박 20여 척이 동시에 건조되고 있다. 1971년 영국 금융가를 찾아간 정주영 회장이 거북선이 그려진 당시 500원짜리 지폐를 보여주며 차관을 받아와 텅 빈 바닷가에 지었다는 조선소. 이곳에서 지금 세계 각국의 고부가 가치 선박들을 만들고 있는 모습을 지켜보니 감회가 새롭다.

폐교, 서울 도심을 파고들다

서울 광진구 서울화양초등학교. 주택가 한복판에 있지만 학생 숫자가 지속적으로 감소하면서 지난해 폐교돼 지금은 동네 주차장으로 사용되고 있다. 드론을 띄워 하늘에서 내려다보니, 빽빽하게 들어선 집들 한가운데 알록달록한 건물과 잘 꾸며진 운동장이 한눈에 들어왔다. 학교 앞에 사는 한 주민은 "얼마 전까지 이곳에서 아이들의 깔깔거리는 웃음소리가 넘쳐났는데, 저렇게 삭막해진 학교를 볼 때마다 못내 아쉽다"고 말했다.

서울 도심 한복판에도 폐교가 생기기 시작했다. 저출생 여파로 학령인구가 줄어드는 현상은 지방을 넘어 수도권과 서울까지 확산됐다. 서울의 초등학교 입학생은 올해 처음으로 5만 명대로 떨어졌다. 2022년도에 7만 명이었는데 추락하는 속도가 너무 빠르다. 주차장이 된 폐교를 보며 그 낙폭을 무섭게 실감한다.

황금 들녘의 허수아비

추수를 앞둔 황금 들녘에 500여 허수아비가 가을 햇살을 만끽하고 있다. 전남 순천시 별량면 봉덕마을. 주민들이 직접 만든 허수아비들은 매년 이맘때면 논에서 손님을 맞는다. 이렇게 많은 허수아비에는 사연이 있다. 별량면 주민이 5600여 명인데 작년에 태어난 아기는 세 명뿐. 고령화와 더불어 정체된 지역을 활성화하기 위해 과거에 유명했던 허수아비 축제를 부활시키고, 유색벼를 심어 논에 초대형 그림이 나타나게 하는 '논 아트'를 통해 별량면을 알리기로 했다. 지역 교육을 살리려고 모든 활동을 인근 학교의 현장 참여 수업과 연계시켰다. 덕분에 인근 도심에서 별량면 소재 학교를 찾아오는 학생 수가 늘었다고 한다.

코로나 때문에 올해 계획했던 행사는 취소됐지만 주민들은 창고에 보관하던 허수아비들을 바람이라도 쐬줄 겸 논에 전시해 놓았다. 마침 들녘을 찾은 아이들이 천천히 논두렁을 거닐며 허수아비들과 인사를 했다. 진심으로 행복해하는 아이들. 내 입가에도 미소가 절로 번졌다.

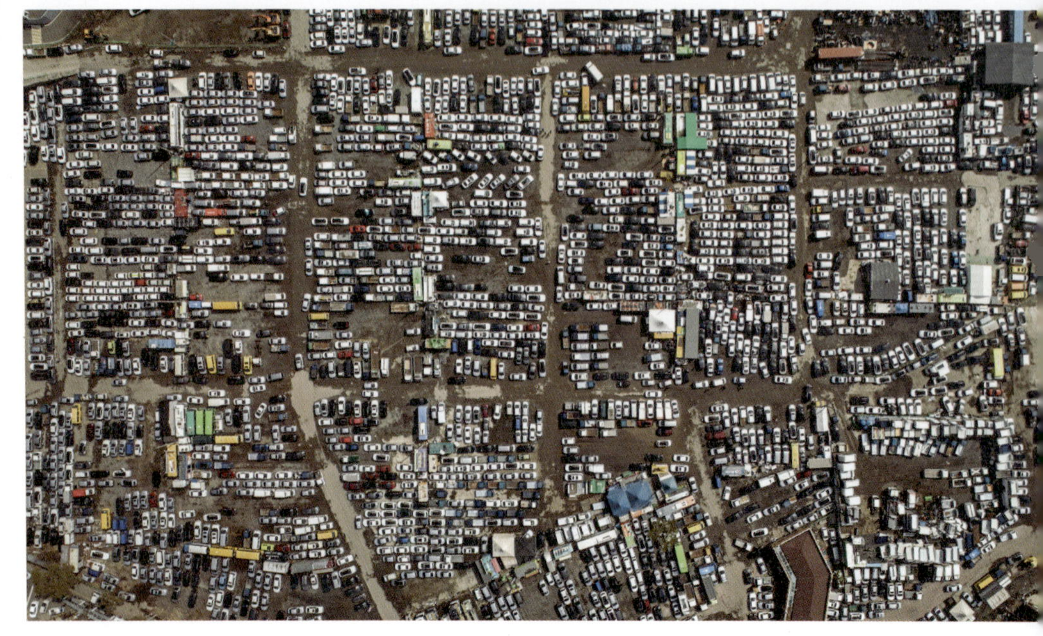

해외로 가는 한국 중고차

　인천광역시 옛 송도유원지 공터에 중고 자동차 수천 대가 빼곡히 주차돼 있다. 인천항을 통해 수출하기 위해 화물선 선적을 기다리는 중이다. 드론의 힘을 빌려 하늘에서 내려다보니 마치 장난감 미니카를 모아 놓은 것만 같다. 작년 한 해 수출된 중고차가 무려 46만여 대. 수출 금액만 2조원이 넘는다. 한국 중고차가 가격 대비 성능이 좋아서 해외에서 인기라고 한다. 주요 수출국은 중앙아시아와 아프리카, 중남미의 개발도상국이 많다. 최근 전쟁을 겪고 있는 우크라이나도 주요 수출국인데, 외신으로 들어오는 수도 키이우 사진에 오래된 한국 차가 종종 등장하는 이유이기도 하다. 공터에서 거래하는 야적장 판매 방식을 개선하기 위해 인천항만공사는 인근에 중고차 집적 시설 조성을 서두르고 있다. 이처럼 '포토제닉'한 광경도 곧 사라질 것 같다.

자연을 달리다

　충북 충주 가흥리 남한강 상류 지역. 첨벙첨벙 소리를 내며 말에 올라탄 사람들이 잔잔히 흐르는 강을 건너 사람의 손길이 닿지 않은 여우섬으로 향하고 있다. 하얀 물살을 튀기며 남한강을 가르는 모습. 드론의 힘을 빌려 하늘에서 내려다보니 영화의 한 장면 같다.

　야외에서 즐기는 승마 '외승(外乘)'은 승마장 트랙에서 말을 타는 것과는 다른 특별한 매력이 있다. 말을 타고 초지를 지나 물을 건너 갈대숲을 헤치고 나아가다 보면 자연과 함께하고 있다는 느낌이 든다고 한다. 특히 15km 길이의 남한강 외승 코스는 여우섬에 억새풀이 우거지는 가을이 가장 아름답다. 바깥에서 말을 처음 타봤다는 한 승마자는 황홀한 표정을 지으며 말했다. "가을을 가득 품은 자연을 달리는 기분이에요!"

수확의 즐거움

　강원도에 한파주의보가 내려진 날 아침. 평창군 대관령의 한 농장이 아침부터 분주하다. 오늘은 당근을 수확하는 날. 장마가 끝나고 7월에 심어진 가을 당근은 찬 바람이 부는 11월 말이 되기 전에 수확해야 한다. 녹색 잎으로 무성한 밭이 일손이 지나가기만 하면 늘어선 당근 행렬로 순식간에 바뀌었다. 손이 얼마나 빠른지 잠시 한눈파는 사이에 땅에 묻혀있던 당근들이 모습을 드러냈다. 하늘에서 내려다보면 재밌는 패턴으로 보일 것 같아서 드론을 띄웠다. 농부들의 손길을 거쳐 먹음직스러운 당근이 탄생하는 순간. 바쁘게 일하던 사람들이 머리 위 드론을 발견하고 반갑게 손을 흔들어주기도 했다. 환한 웃음에서 느껴지는 수확의 즐거움.

굴의 계절이 돌아왔다

동이 트기 전 경남 통영 앞바다에서 건져 올린 굴이 곧바로 껍데기를 까는 박신장 작업대 위에 산더미처럼 쏟아졌다. 굴을 까는 사람들의 손놀림은 분주해지기 시작했다. 과도를 딱딱한 껍데기 사이로 밀어 넣으면 금세 입을 다물고 있던 굴의 뽀얀 속살이 모습을 드러냈다.

전국 굴 생산량의 70%를 차지하는 통영은 섬들이 많고 파고가 낮아 굴이 자라기에는 최적의 환경을 가지고 있다. 그래서 이곳에서는 바다 위에 부표를 띄우고 그 아래 조가비를 늘어뜨리는 '수하식'으로 굴을 키운다. 갯벌에서 자라는 굴에 비해 24시간 바다 안에서 플랑크톤을 먹기 때문에 알이 크고 영양분이 많다. 찬 바람이 불고 수온이 낮아지면 제철을 맞는 굴은 올해 수확량이 좋아 3년 만에 굴 풍년이 기대된다고 한다. 딱딱한 껍데기에 숨은 뽀얀 굴을 한입 물면 입안 가득 퍼지는 바다 내음. 취재를 마치고 돌아오는 길에도 그 오묘한 굴 특유의 달콤한 향이 머릿속을 가득 채웠다.

100m 빙벽 너머엔… 얼음 왕국 있을까

강원도 원주 판대리 빙벽. 추운 겨울이 돼서 얼음 왕국으로 변하면 전국의 클라이머들이 모여든다. 가장 높은 빙벽 높이가 100m. 밑에서 보기만 해도 아찔한 얼음 절벽을 한 클라이머가 낫 모양의 아이스바일로 얼음을 찍어가며 힘겹게 한 걸음씩 올라간다. 고지가 눈앞이다.

저 위에서는 세상이 어떻게 보일까. 직접 올라가 보는 방법도 있지만, 빙벽을 보자마자 마음을 접었다. 대신 드론의 힘을 빌려 하늘에서 내려다봤다. 얼음이 절벽을 따라 흘러내리듯 붙어 있는 거대한 빙벽. 100m 아래 시퍼렇게 얼어 있는 계곡. 짜릿함을 넘어 공포감이 느껴졌다. 그곳에서 사투를 벌이고 있는 클라이머는 두렵지도 않은 듯 쉼 없이 정상을 향한다.

궁금해졌다. 대체 이렇게 위험한 빙벽을 오르는 이유가 뭘까. 빙벽 등반은 추위와 싸워야 하고, 오랜 시간 얼음과 사투를 벌일 수 있는 체력과 두려움을 떨쳐낼 정신력도 필요하다고 한다. 겨울마다 빙벽을 오른 지 20년 됐다는 한 클라이머에게 물었다. "누군가에겐 무섭게만 보여도, 누군가에겐 올라보고 싶은 꿈이에요. 올라가는 동안은 자연의 숨겨진 속살을 맛보는 기분이 들어요. 정상에 올랐을 때 펼쳐지는 풍광을 보면 자유를 느낍니다."

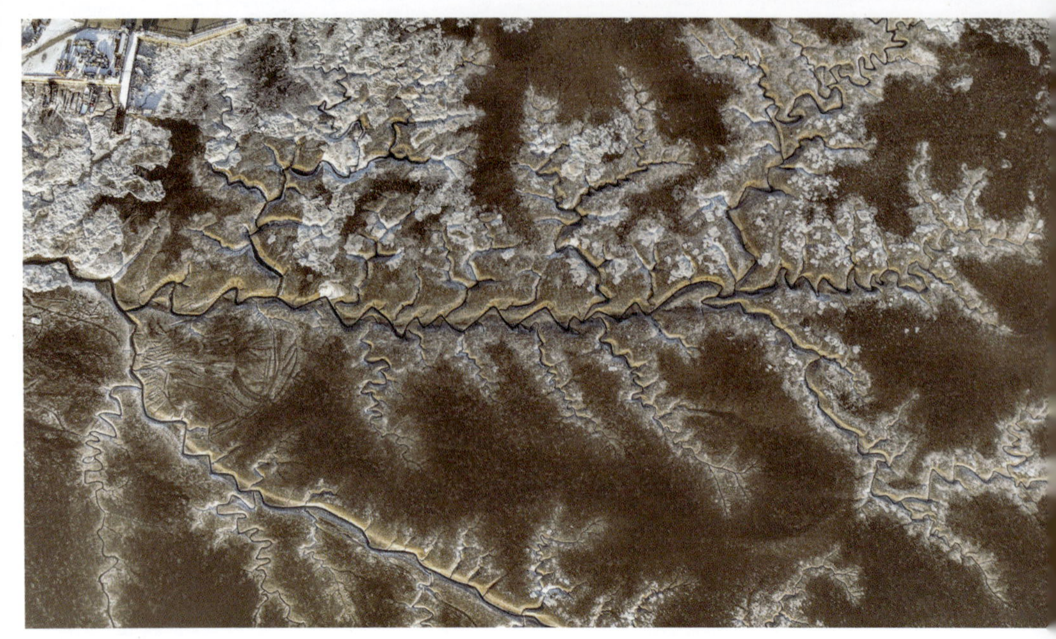

한파가 갯벌에 그린 그림

체감온도가 영하 15도까지 떨어지던 날 새벽, 인천 강화도로 달려갔다. 연일 계속되는 한파에 강화도 갯벌이 얼기 시작했다는 소식을 들었기 때문이다. 동이 트기를 기다렸다가 드론을 띄워 하늘에서 내려다보자 멋진 장면이 펼쳐졌다. 광활한 갯벌 사이에 생긴 갯골을 따라 하얗게 얼어있는 모습이 마치 나무줄기에 하얀 얼음꽃이 핀 것처럼 보였다. 물이 얼어서 뭍까지 떠내려 온 유빙(流氷)도 곳곳에 남아있었고, 아침 햇살을 받은 갯골이 황금빛을 띠는 모습도 인상적이었다.

강화도의 겨울 갯벌은 이처럼 얼음이 만들어내는 이색 풍경으로 유명하다. '한국의 아이슬란드'로 불리며 외계 행성 같은 분위기를 배경으로 인증샷을 찍으러 사람들이 찾아오고 있다. 고된 한파가 이어져야만 볼 수 있는 겨울의 아름다운 풍경이다.

지중해에 숨어있는 보물섬

지중해에 숨어있는 작은 섬 시미(Symi). 그리스 가장 동쪽에 있는 로도스섬에서 배를 타고 한 시간 남짓 가면 이렇게 로맨틱한 풍경을 만난다. 척박해 보이는 산비탈에 항구를 중심으로 아기자기한 집들이 바다를 향해 정돈돼 있다. 드론을 띄워 하늘에서 내려다보니, 마치 누군가 크레파스로 그린 동화 속 한 장면 같기도 하다.

시미섬에는 19세기에 조선업이 발달하면서 사람들이 모이기 시작했는데, 당시 유행한 신고전주의 양식으로 지어진 건축물이 지금까지 남아 있다. 덕분에 비슷한 형태의 집들과 파스텔톤 색감이 그림같이 어우러졌다. 가파르고 좁은 골목 사이로 당나귀도 오간다. 차량이 이동하기 힘들어 아직도 당나귀를 이용해 물건을 운반한다니, 이 또한 동화 속 이야기 같다.

여행을 하다 비현실적인 풍경과 마주하면 떠날 때쯤엔 '다시 이곳에 올 수 있을까'라는 짙은 아쉬움이 남는다. 그게 여행의 매력일지도 모르겠다.

5. 그 순간
: The Moment

대통령 취재 뺨치는 아이돌 파파라치 '홈마'

이른 아침 인천국제공항 출국장. 망원 렌즈를 장착한 카메라만 수백 대다. 10년 넘게 현장을 다녀봤지만, 전직 대통령이 검찰 포토라인에 섰을 때보다 훨씬 카메라 숫자가 많은 것 같다. 일본에서 열리는 대형 콘서트를 위해 출국하는 아이돌 가수를 촬영하려는 사람들이다.

이들을 '홈마'라고 부른다. 홈페이지 마스터(Homepage Master). 연예인의 고화질 사진을 촬영해서 자신의 홈페이지에 올린다. 그러면 '오빠'와 '언니'의 생생한 사진을 보고 싶어 하는 아이돌 팬들이 팔로를 시작한다. 개인 소장용으로 찍는 이도 있지만, 팔로어가 10만 명 이상 되는 대형 홈마로 발전하면 포토북을 만들어 판매하기도 한다. 새로운 팬덤 문화가 만들어낸 홈마의 파워도 무시할 수 없다. 간혹 아이돌의 초상권이나 저작권 침해 소지가 있더라도 소속사가 적극적으로 대처하지 못할 정도라고 한다.

인천공항에 집결한 홈마들을 유심히 지켜봤다. 좋은 자리를 맡기 위한 치열한 경쟁, 자기 키만 한 촬영용 사다리는 필수, 아이돌이 나타나자 카메라를 조작하는 빠른 손놀림, 촬영 후 실시간으로 SNS에 올리는 신속한 마감까지. 괜히 머쓱해졌다.

분주한 백스테이지, 먹다 말고 달려나간 모델들

서울패션위크 이청청 디자이너의 'LIE' 패션쇼 현장. 밀려드는 인파와 화려한 조명의 런어웨이 무대 뒤편은 어떤 모습일까. 백스테이지를 찾아갔다. 메이크업 부스에서 막간을 이용해 김밥을 먹는 외국인 모델들. 저녁 시간이 다 됐는데 패션쇼 준비로 아직 점심을 못 먹었다고 했다. 이런 상황이 익숙한 듯 능숙한 젓가락질이 이어지는데 멀리서 들려오는 소리. "패션쇼 곧 시작합니다!" 젓가락을 내려놓고 옷 갈아입으러 달려가는 모델들의 표정에는 아쉬움이 가득하다.

패션쇼가 시작되자 백스테이지는 시끌벅적. 런어웨이에서 워킹을 선보이고 들어온 모델들은 무대 뒤편에 오자마자 옷을 갈아입기 위해 하이힐을 벗어들고 피팅룸으로 뛰어들어간다. 스태프들은 끊임없이 모델의 화장을 고쳐주고 머리에 스프레이를 뿌린다. 디자이너는 옷매무새를 점검하느라 모델이 무대로 나가는 순간까지 뒤편에서 의상을 하나하나 수정한다.

그런데도 백스테이지는 긴장감보다 자유로움이 가득했다. 무대로 나가는 순간까지도 모델들은 웃으며 서로 사진 찍고 유튜브로 직접 현장을 중계하기도 했다. 쇼를 마친 뒤 자축하는 모델들. 즐기면서 일하는 이들이야말로 진정한 프로다.

굿바이, 가을

　어느 화가의 작업실에서 마주친 가을의 마지막 모습. 수명을 다하고 땅에 떨어진 단풍잎들이 예술가의 손길을 거쳐 웃음을 띤 채 창가에 나란히 걸려 있다. 떠나가는 가을을 잊은 듯해맑은 표정도 있고, 장난기 가득한 얼굴도 있다. 빨갛게 변한 단풍잎은 열정적인 색깔답게 하트를 머금었다. 서양화가 엄옥경씨는 산책길에 떨어진 단풍잎을 보고 아쉬운 마음에 주워와서 각각의 표정을 만들어 줬다고 한다.

　살갗을 스치는 바람이 점점 차갑다. 노랗고 붉은 빛깔로 사람의 감성을 촉촉하게 적셨던 단풍잎도 떨어져 사라진다. 이맘때 사진기자들은 고민한다. '떠나는 가을'의 모습을 어떻게 담을까. 거센 바람이 불면 나뭇잎이 떨어져 흩날리는 장면을 찍는다. 비가 내린 다음 날은 바닥에 잔뜩 떨어진 낙엽을 촬영하기도 한다.

　늦가을 햇살이 내리쬐는 창가에서 가을과 마주쳤다. 나도 모르게 미소를 지었다. 밝게 웃으며 떠나는 가을에 작별 인사를 보냈다. "Goodbye, fall."

도대체 일출이 뭐길래

　이맘때면 일찌감치 해돋이를 보러 바다로 향하는 이가 많다. 일출로 유명한 동해안 정동진 바닷가. 백사장의 새벽은 사람들로 가득하다. 깜깜한 새벽부터 하나둘 모여들더니, 일출 시각인 7시 30분이 가까워지자 100여 명이 해변에 일렬로 섰다. 하늘은 구름으로 뒤덮여 있고 설상가상으로 낮에 눈이 내릴 것 같다는 예보도 있었다. 그런데도 혹시나 하는 마음으로 아침 해를 기다려본다.

　예정된 일출 시각이 지났다. 바다를 향해 서 있던 사람들 표정이 하나둘 굳어진다. 날은 환해졌는데 8시가 넘어가도 수평선 위에는 회색빛 구름만 가득하다. 실망한 표정으로 너도나도 백사장을 떠나기 시작했다. 바닷가에는 이제 열 명쯤 남았다. 그때였다. 하늘이 조금씩 열리면서 회색 구름 사이로 빼꼼히 내민 빨간 아침 해 한 조각. 끝까지 남아서 기다리던 사람들은 그제야 미소 짓는다. 범선 모형 뒤로 장엄하게 떠오르는 둥근 아침 해를 상상하며 이곳에 왔던 나도 '그나마 이게 어디야' 하는 마음으로 셔터를 눌렀다. 돌아가는 길에 깜깜한 새벽을 헤치고 이곳으로 온 이유를 생각해 보다가 웃음이 났다. 도대체 일출이 뭐길래.

함박눈 연인

눈이 내린다는 기상예보를 들으면 사진기자는 고민한다. 하얗게 변한 아름다운 풍경이냐, 아니면 폭설로 인한 피해 현장 취재냐. 어떤 장면이 뉴스가 될지는 대개 눈이 그친 다음에야 알

게 된다. 강설량과 피해 정도에 따라 신문의 보도 방향이 결정되기 때문이다.

강원도에 눈이 내릴 것 같다는 소식을 듣고 평창 대관령으로 향했다. 진눈깨비를 헤치고 가는 동안 끊임없이 고민했다. 급박하게 진행되는 제설작업을 찍을까, 눈으로 뒤덮인 하얀 세상을 찍을까. 조금씩 흩날리던 눈발이 대관령에 도착할 때쯤 함박눈으로 변했다. 인적 없는 조용한 숲속에 들어서자 숨 막힐 정도로 하얀 눈발이 쏟아졌다. 그 순간, 영화 같은 장면을 담고 싶었다. 사람이 지나가길 기다렸다. 하지만 폭설이 내리는 대관령 숲속에 행인이 있을 리가. 얼마나 기다렸을까. 저 멀리서 한 쌍의 연인이 걸어오기 시작했다.

다음 날 신문에는 도심에서 취재한 '폭설로 인한 차량 정체' 사진이 실렸다. 뉴스의 방향은 대설특보로 인한 피해였다. 그래도 괜찮다. 난 눈꽃으로 뒤덮인 아름다운 풍경을 기억에 담았고, 한 쌍의 연인은 영화 속 주인공 같은 사진이 신문에 등장한다는 사실에 함박눈처럼 기뻐했으니.

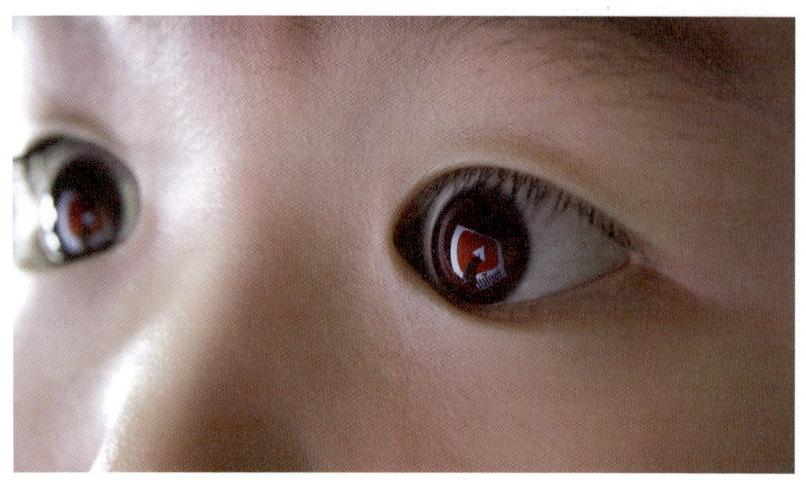

아이 눈동자에 유튜브… 아빠의 고민이 시작됐다

아이의 눈에 선명하게 맺힌 빨간 아이콘. 요즘 아이들이 가장 좋아하는 유튜브다. 궁금한 게 있으면 유튜브로 찾아보는 건 일상이다. 초등학생 장래 희망에 유튜버가 상위권에 오른 지는 이미 한참 됐다.

아이들이 엄마·아빠의 스마트폰을 찾는 이유도 유튜브다. 육아를 하다 보면 이것 때문에 아이와 전쟁을 치른다. "유튜브를 보여달라"는 아이와 "그만 보라"고 혼내는 부모. 부모들 생각도 팽팽히 갈린다. 스마트폰을 들여다보는 시간이 늘수록 대화가 단절되고 사람과의 교감이 줄어든다는 의견이 하나다. 어차피 백과사전 대신 유튜브로 세상을 배우는 세대인데 일찍 접한다고 문제 될 것은 없다는 의견도 있다. 새로운 기술과 문명을 일찍 알아두는 게 뭐가 나쁘냐는 주장이다. 돌이켜보면 어렸을 적 지겹게 들어오던 말이 'TV는 바보상자'다. 실제로 바보가 된 사람은 본 적이 없다.

그럼에도 내 자식을 키울 때는 선택이 쉽지 않다. 영어 숙제를 마친 아들이 보상이 필요하다는 듯 "유튜브 보여줘"라고 말한다. 아빠는 오늘도 고민을 시작한다.

한복 입고 궁궐 놀이… 보는 이도 즐겁네

서울 경복궁 인근 건널목. 파란 신호에 맞춰 걷다 보니 나 빼고 모두 한복 차림이다. 사극 촬영 현장도 아닌데. 오히려 한복을 입지 않은 내가 어색해졌다.

봄기운 짙은 요즘, 고궁 근처에는 한복을 입고 거니는 관광객들이 많아졌다. 경복궁 인근 대여점에서는 평일에도 하루 300여 명이 한복을 빌려 입고, 그중 80%가 외국인 관광객이라고 한다. 아예 '코스'가 돼버렸다.

거리에 한복이 넘쳐난 건 고궁에서 한복 입은 사람들을 무료로 입장시키기 시작한 2013년부터. 인근에 한복을 빌려 입을 수 있는 대여점이 생기기 시작했다. 대여점의 화려하고 편한 한복에 대한 우려의 시각도 있다. 한복이 지나치게 변형돼서 고유의 정체성을 잃고 있다는 지적. 전통 의복도 시대에 맞게 변하는 것이 자연스럽다는 반대편 주장도 팽팽하다.

한복을 입은 사람들을 지켜봤다. 웃음 가득한 표정으로 이리저리 사진을 찍는 모습이 행복해 보였다. 한복이 이렇게 놀이문화가 된 적이 있었던가. 격식을 갖춰야 입을 수 있을 것 같았던 한복이 거리로 나온 사실만으로도 보기 좋았다.

유리벽 앞에선 종이호랑이?

경기도 용인 에버랜드 타이거밸리. 관람객이 절벽과 철조망 대신에 유리 벽 하나를 사이에 두고 맹수와 마주 볼 수 있는 곳이다. 쇼맨십이 많은 호랑이들은 자주 유리벽을 따라 걸어 다닌다. 깜짝 놀라는 관람객의 모습을 즐기고 있는 것 같다.

호랑이를 보여주려고 부모들이 아이들을 유리 벽 앞에 앉혔다. 그러자 용맹을 과시하려던 호랑이 두 마리가 어슬렁어슬렁 다가오기 시작했다. 아이들로부터 불과 한두 걸음 앞까지 다가온 호랑이 두 마리. 으르렁거리는 표정이 공포심을 자아냈다.

그런데 웬걸. 다리를 꼰 채 느긋하게 관전하는 아이, 호랑이 얼굴에 장난감 총을 겨누는 아이, 유리에 찰싹 달라붙은 아이. 두려움 따위는 찾아볼 수 없다. 수호랑(평창올림픽 마스코트)이나 라이언 킹이 훨씬 더 귀엽다는 아이들의 말이 들려온다. '곶감 하나 주면 안 잡아먹지!'는 정녕 옛날이야기가 돼버린 걸까. 머쓱해진 호랑이들이 터벅터벅 되돌아갔다. 상한 자존심이 뒷모습에 비쳤다.

구슬 하나로… 세상이 내 손안에 들어왔다

　서울 한강 반포대교 옆에 떠 있는 세빛둥둥섬이 동그란 구슬 속에 둥둥 떠 있다. 유리구슬 속에 비친 세상. 투명한 유리구슬을 통해 세상을 바라보면 눈앞의 풍경이 동그란 구슬 속에 거꾸로 담긴다. 카메라 렌즈와 같은 원리다. 재밌는 촬영 도구가 생겼다. 유리구슬을 들고 다니기 시작했다.

　다니는 곳마다 한 손으로는 유리구슬을, 다른 손에는 카메라를 들어 셔터를 눌렀다. 늘 마주해서 평범해 보이던 풍경들이 색다르게 보이기 시작했다. 구슬에 맺힌 풍경. 거꾸로 보이는 세상. 뒤집어 보아야 제대로 보이는 시진. 해가 지고 야경을 찍기 시작할 때쯤에는 슬슬 손목이 저려 왔지만, 그래도 나는 아름다운 세상을 한 손에 쥐고 있다.

車보다 자전거가 편한 도시, 우린 언제쯤 가능할까

네덜란드 수도 암스테르담 센트럴 스테이션 앞의 풍경. 자전거 수천 대가 끝도 없이 줄지어 주차돼 있다. 기차역 인근에 지어진 3층짜리 전용 주차장도 자전거로 가득 찼다. 자전거를 타고 센트럴 스테이션에 도착한 시민들은 자전거를 주차해 놓고 자연스럽게 역으로 걸어 들어간다. 이곳이 암스테르담 교통의 중심지인데도 자동차 엔진 소리는 좀처럼 듣기 어렵다. 버스 대신에 전기로 움직이는 트램, 간간이 보이는 전기차 택시가 좁은 도로 위를 천천히 지나간다. 대신 자전거 전용 도로가 암스테르담 뒷골목까지 촘촘히 깔려 있다. 차도보다 자전거 전용 도로로 가는 게 훨씬 편리해 보였다. 이 도시의 길은 사람과 자전거를 위해 만들어진 것 같다.

서울에서 취재를 위해 공유 자전거 따릉이를 타고 도심을 달린 적이 있다. 얼마 못 가서 끊겨 있는 자전거 전용 도로 때문에 어디로 달릴지 한참을 고민했다. 차도로 가자니 쌩쌩 지나는 차량들 때문에 엄두가 안 나고, 인도로 가자니 행인들과의 충돌이 걱정돼 망설여졌다. 자전거 천국, 매연과 소음이 없는 도시. 서울은 언제쯤 가능할까.

주인님의 눈이자 자유… 내 이름은 무비, 안내견이죠

한국교원대학교의 수업 시간. 래브라도 리트리버 한 마리가 강의실 한쪽에 숨죽여 앉아 있다. 이름은 '무비'. 옆에서 수업을 듣고 있는 시각장애인 최형락(19·역사교육과) 학생의 안내견이다. 기숙사에서 강의실까지 안내를 마치고 주인의 수업이 진행되는 동안 휴식을 즐기는 중이다.

올해 두 살인 무비는 안내견 양성 기관 삼성화재안내견학교에서 교육을 마치고 올가을에 형락군과 인연을 맺었다. 안내견이 되기 위해서 체계적으로 받게 되는 교육 기간만 2년. 열 마리 중 30% 정도만 최종적으로 합격할 정도로 갖춰야 할 요건이 많다고 한다. 무비는 파트너와 함께 앞으로 8년 정도 동행한 후 열 살 전후가 되면 안내견에서 은퇴하게 된다.

대학생이 되어 고민 끝에 안내견을 분양받기로 결심한 형락군은 무비를 만난 후 비로소 자유를 얻었다고 한다. 문밖으로 나설 때 엄습해 오던 두려움을 털어내고 자유롭게 세상으로 나갈 수 있게 된 것이다. 그에게 꿈을 물었다. "역사 선생님이 돼서 교실에서 학생들을 가르치고 싶어요. 그때도 제 곁에는 늘 무비가 함께 있을 겁니다."

거추장스럽고 불편해도… 괜찮아, 클래식카니까

트랙 위에 클래식 자동차들이 등장했다. 속도를 내는 것에는 관심 없는 듯, 고풍스러움과 아기자기함을 뽐내며 천천히 퍼레이드를 펼친다. 퍼레이드의 주인공은 '마이티 미니' 동호회 사람들. 1959년 탄생했다가 1999년에 단종된 올드 미니(Old Mini) 자동차를 좋아하는 사람들이 모

여 있다. 이날 퍼레이드에는 1977년식 자동차도 참가해서 최고령을 기록했다. 내 나이보다 많다.

오래된 자동차들이지만 광택이 흐른다. 주인이 얼마나 애지중지하는지 한눈에 알 수 있을 정도. 클래식 자동차를 관리하는 데는 엄청난 노력이 든다고 한다. 만들어진 지 수십 년이 지난 만큼 고장이 잦아서 자주 손봐줘야 하고, 영국에 주문한 부품이 한국으로 올 때까지 오랜 기다림도 감내해야 한다.

그럼에도 클래식 자동차의 매력은 무엇일까? 퍼레이드를 마친 참가자가 손잡이를 열심히 돌려 창문을 열고 미소 지으며 대답했다. "최신형의 번쩍거리는 새 차도 좋지만 클래식카는 거추장스럽고 불편하면서도 한번 빠지면 헤어나오기 어려운 매력이 있어요. 앞만 보고 달리다가 잠시 쉬면서 뒤를 돌아봐야 할 때, 아련한 클래식카의 향취에 젖는 기분은 말로 설명하기 어렵습니다."

K팝이 불러온 댄스 관광객

금요일 늦은 밤. 서울 합정동의 한 스튜디오에서 댄스가수 청하의 '스냅핑'이 흥겹게 울려 퍼지고 외국인 관광객들이 그에 맞춰 댄스를 배우고 있다. 관광객을 대상으로 하는 K팝 댄스 체험 프로그램. 강사의 동작 하나하나 놓치지 않고 안무를 따라 하려는 표정이 진지하다. 이미 아는 노래인 듯 춤추며 따라 부른다. 러시아, 카자흐스탄, 싱가포르 등 국적도 다양하다. 러시아에서 온 친구들은 며칠 전 잠실주경기장에서 열린 방탄소년단 콘서트에 다녀왔다고 한다. 카자흐스탄에서 온 열아홉 살 소녀는 슈퍼주니어의 팬이고, 싱가포르 관광객은 트와이스를 제일 좋아한다. 모두 K팝이 좋아서 한국을 찾았다.

외국인 여행객에게 숙박 공유 서비스를 제공해오던 스튜디오 주인은 K팝에 열광하는 투숙객들을 보고 이 프로그램을 만들었다고 한다. 그러자 각국의 관광객들이 앱을 보고 신청하기 시작했다. 미국, 유럽, 아시아는 물론이고 남미와 아프리카에서 온 여행객들도 춤을 배우러 찾아온다. 뉴욕에 가면 모마(MOMA) 미술관을 방문하듯, 한국에 오면 K팝 코스는 필수가 돼버렸다고 한다. K팝의 힘이다.

그리운 건 태권브이일까… 만화 같았던 그 시절일까

서울에서 강원도로 출장 갈 때마다 올림픽대로 끝자락의 '로보트 태권브이' 대형 조형물이 늘 궁금했다. 김청기 감독의 1976년 작 만화영화. 광화문의 이순신 장군 동상을 보고 영감을 받아 투구를 씌웠고 태권도 동작으로 적을 제압하는 로봇을 구상했다고 한다. 일본의 마징가 제트에 당당히 맞서던 내 어린 시절의 영웅. 태권브이가 서 있는 서울 고덕동 브이센터(V–Center)를 찾았다.

원로 배우 신영균씨가 인수해 올해 다시 문 연 이 박물관은 우리 손으로 만든 한국 최초 로봇 캐릭터를 기억하고자 만들었다고 한다. 외부에는 20m 높이의 원조 태권브이가 특유의 정권 지르기를 하고 있고, 브이센터 안에는 2015년에 업그레이드한 '마스터 태권브이'가 우뚝 서 있다. 만화 속 김 박사와 훈이가 활약하던 기지 모습도 재현돼 있었다. 아이들보다 함께 온 어른들이 더 흥분하는 모습에 웃음이 났다.

'달려라 달려 로보트야~ 날아라 날아 태권브이.' 악당을 물리칠 때마다 깔리던 그 노래가 취재를 마친 후에도 온종일 머릿속에 맴돌았다. 만화처럼 살 수 있었던 그 시절이 그립다.

브라운관 TV 제국

골동품과 중고 가게가 모여 있는 서울 황학동. 브라운관 TV를 발견하고 추억에 젖어 한참을 바라보자 주인이 웃으며 '보물 창고'가 있으니 따라오라고 한다. 좁은 골목을 지나 허름한 문을 열자 가지런히 정돈된 브라운관 TV 수백 대가 등장했다. 20년 전 세계로 돌아간 느낌. 박물관이 따로 없었다. 모두 수리를 마치고 전원만 연결하면 바로 사용할 수 있는 TV들이다.

1978년 황학동에 TV 수리점을 차린 주인은 오래전부터 백남준 작가의 작품에 설치된 브라운관 TV 수리를 도맡아 하면서 그 가치를 알게 됐다고 한다. 그때부터 20여년간 전국을 돌며 쓸 만한 옛 TV를 수집하기 시작했다. 국내 생산이 중단되면서 역사 속으로 사라진 브라운관 TV. 그런데 몇 년 전부터 레트로 열풍으로 사람들이 다시 찾기 시작했다. 카페나 식당에 인테리어로, 영화나 드라마에 소품으로, 미술 작품 오브제용으로 팔리고 있다. 한 대에 평균 20만원 선. 진공관 TV는 100만원이 넘는 가격에 팔려나간다.

추억이 상품이다. 지금 내가 사용하는 물건들도 먼 훗날 보물이 되는 날이 오겠지.

아나운서들의 色다른 비밀 옷장

　방송을 앞둔 아나운서를 따라간 서울 논현동의 한 의상실. 벽면이 보이지 않을 정도로 옷이 가득 차 있다. 빨강에 이렇게 종류가 많았던가. 색상마다 농도를 달리해 가며 마치 그러데이션으로 물들어가는 것처럼 옷이 진열돼 있는 것도 신기하다. 모두 여성 정장들인데 무채색은 거의 없다. 이곳에서 옷을 대여해가는 사람들은 특별한 목적이 있기 때문이다.

　현직 방송인, 행사 진행자, 쇼호스트, 광고 촬영업체 등이 의상실의 주요 고객이다. 그때그때 목적에 맞게 옷을 대여해간다. 방송국 공채나 승무원 면접시험이 있는 날은 몰려드는 준비생들로 붐빈다고 한다. 의상실에는 전문 스타일리스트도 있다. 옷이 필요한 목적이나 상황을 이야기하면 의상실에 있는 4000여 벌의 옷 중에서 가장 적합한 색깔과 스타일로 추천해준다. 이런 전문 의상실들이 방송인에게는 '옷장'인 셈이다. 아나운서들이 매일 옷을 바꿔 입고 방송에 나오는 비결을 이제야 알 것 같다.

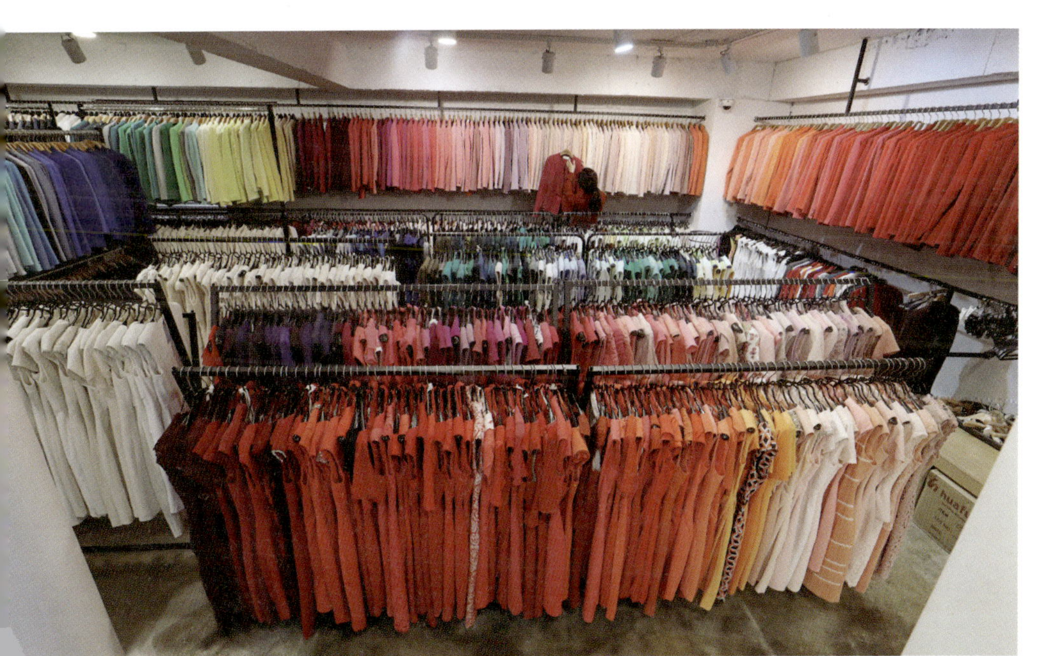

아카데미 인증샷, 자하문 계단

서울 종로구 자하문 터널 입구에 있는 계단. 위쪽의 주택가와 아래쪽 터널 내부 인도를 연결하는 통로다. 영화 '기생충'에 등장했던 장소. 부잣집 가족이 한밤중에 캠핑을 취소하고 집으로 돌아오자 기택(송강호)의 가족들이 거센 비바람을 맞으며 도망쳐 내려오던 그 계단이다. 영화를 관람한 후 이 장면이 가장 기억에 남았다. 상위 계층으로 상징되는 부

잣집 저택에서 도망쳐 나와 반지하 집으로 향하는 장면. 길고 높은 계단으로 하층민과의 격차를 표현하고 있는 것 같았다.

'기생충'이 아카데미 시상식에서 4관왕을 차지한 후 영화 촬영지들을 둘러봤다. 영화에 등장했던 아현동 수퍼와 노량진 피자집은 이미 외국인들이 찾아와서 인증샷을 남길 정도로 성지가 돼있었다. 비 내리는 날, 나도 자하문 터널 계단을 찾아가 영화와 똑같은 앵글로 인증샷을 남겼다. 아카데미상 수상을 축하하며.

방화복·방수화도 출동 준비 완료!

서울 시내 소방서 앞을 지나다 마주친 모습. 차고에 대기 중인 소방차 옆에 방화복과 방수화가 가지런히 놓여 있다. 마치 마네킹같이 각 잡힌 모습이 보기만 해도 묵직하다.

화재 진압은 시간이 생명. 화재 신고를 받으면 소방관들은 즉시 소방차에 몸을 싣는다. 현장에 1초라도 먼저 도착하려고 방화복과 장비들은 출동 중인 소방차 안에서 착용한다. 방화복과 방수화, 헬멧, 장갑, 산소통 등 화재 진압 장비 무게만 모두 25㎏. 이때 좁은 소방차 안에서 멜빵으로 연결된 방화복 하의를 입고 장화같이 긴 방수화 속에 바짓단을 모두 끼워 넣다 보면 자칫 시간이 지체될 수 있다. 그래서 두 개는 미리 세팅해서 소방차 앞에 대기시켜 놓는 경우가 많다고 한다. 방수화와 하의를 동시에 입고 바로 소방차에 탈 수 있게 말이다.

소방관의 이야기를 듣고 나니 여느 소방서 앞을 지날 때마다 저 모습이 눈에 들어온다. 소방차가 출동해버린 어느 소방서의 빈 차고에는 운동화 몇 켤레만 덩그러니 남아 있었다. 소방관이 달려나와 방수화를 신고 남겨둔 신발 같았다. 마음속으로 응원했다. '감사합니다. 안전하게 다시 돌아오세요.'

바다가 물든 걸까, 갈라파고스의 푸른 발

갈라파고스에서만 만날 수 있는 '푸른발 부비새(Blue-footed Booby)'. 선명한 푸른 발이 만화처럼 비현실적이다. 부비새가 먹은 물고기의 카로티노이드 색소가 발에 집중적으로 쌓여 이 파랑을 만들었다고 한다. 건강할수록 더 선명해서, 짝짓기 철이 되면 수컷은 푸른 발을 자랑스럽게 암컷에게 내보이며 구애의 춤을 춘다. 갈라파고스의 상징적 동물 중 하나이지만, 직접 만나기는 쉽지 않다. 지난해 가을 물어물어 사흘간 해변을 뒤진 끝에 겨우 만났다. 셔터를 누르는 손도 떨렸다.

지구 반대편 에콰도르 연안에서 약 1000km 떨어진 태평양의 갈라파고스. 생물 다양성의 보고이자 유네스코 세계자연유산. 찰스 다윈의 '종의 기원'도 여기서 시작됐다. 당연히 지켜야 할 규칙이 많다. 동물과 2m 이상의 거리를 두어야 하고 만지거나 먹이를 주는 행동은 절대 금지. 다른 동물이나 음식을 가져와서도 안 되고, 섬에서는 조개껍데기 하나도 가지고 나갈 수 없다. 덕분에 이곳 동물들은 사람을 두려워하지 않는다. 오랜 세월에 걸쳐 위협이 되지 않는다는 사실을 경험했기 때문이다. 갈라파고스에서 사람은 위협의 존재가 아닌, 함께 살아가는 생명체다.

애견호텔이라면 좋겠지만

애견호텔같이 보이지만 유기견들이 모여 사는 곳이다. 전북 군산시 군산유기동물보호소. 장맛비를 피해 몸집 작은 유기견들이 머물고 있다. 대부분 버려진 녀석들이다. 2018년도에 문을 열었고, 그때는 인근 보호소에서 넘겨받은 35마리의 유기견이 들어왔다. 지금은 700여 마리. 보호소 관계자는 세상에 유기견이 이렇게 많을 줄은 상상도 못했다고 한다.

보호소에는 개를 위한 잔디밭도 있고 수영장도 있다. 막사 바닥은 온돌이고, 시스템 에어컨이 설치됐다. 이런 환경이 방송으로 소개된 후 역효과가 일어났다. 키우던 개를 일부러 버린 뒤 데려가라고 신고하는 사람이 급증한 것. 보호견이 800마리가 넘어 감당할 수 없게 되자, 지난 5월 처음으로 안락사를 시켰다. 안락사 심의위원회의 격렬한 토의를 거쳐 폭력성이 강해 도저히 함께 지낼 수 없는 15마리를 선정했는데, 그날은 보호소 전체가 눈물바다였다고 한다.

유기견을 입양하려는 사람도 많다. 올해만 벌써 580마리를 입양시켰다. 직원들은 말했다. "이번에는 좋은 주인 만나서 사랑받고 지냈으면 좋겠어요."

청각장애 없는 고요한 세상

고요하고 평화로운 수중 스튜디오에서 배우와 스태프가 촬영하고 있다. 경기도 고양시 수작코리아에 모인 이들은 서울농아인협회 청년회원들. 청각장애를 가진, 수어를 사용하는 농인(聾人)이다. 패럴스마트폰영화제에 참가하기 위해 다이빙을 소재로 영화를 만들고 있다. 직장인과 학생으로 구성된 이들은 10분짜리 영화를 위해 한 달 동안 틈틈이 프리다이빙을 배웠다고 한다. 벌써 일곱 시간째 물속에서 촬영하느라 손은 하얗게 팅팅 불었지만 배우와 스태프 모두 얼굴에서 웃음이 떠나지 않는다.

물속은 소리가 들리지 않는 고요한 세상. 누구나 손짓과 몸짓으로 소통한다. 농인들이 느끼는 물속은 어떤 느낌일지 궁금해서 촬영을 마친 배우에게 다가가 물어봤더니, 행복한 표정을 지으며 대답했다. "물속에서는 눈으로 보고 몸으로 느끼는 것에 의존하기 때문에 우리는 더 이상 소리에 대해 억압을 받지 않아요. 그래서 비로소 자유로워지죠. 농인과 비장애인이 아무런 경계 없이 교감할 수 있는 곳이에요. 이 자유로움을 물 밖에서도 느끼고 싶어요."

숲속에서 만난 헌책방

충북 단양군 적성면 현곡리 산골짜기에 산장처럼 자리 잡은 헌책방 새한서점. 구불구불 고갯길을 따라 한참을 올라가야 만날 수 있다. 맨 흙바닥의 가건물인데 13만여 권의 책이 진열돼 있다. 목재로 지은 서점 문을 열고 들어서자 오래전 시간이 멈춘 듯한 풍경이 눈에 들어오고 헌책의 향기가 코를 자극한다. 서점 옆으로 졸졸 흐르는 작은 계곡물 소리가 책을 고르는 시간 내내 귀를 즐겁게 했다.

1979년부터 헌책을 팔기 시작한 서점 주인은 오랫동안 서울 고려대 앞에서 헌책방을 운영했다. 그러다 2002년 단양의 한 폐교로 이전했다가 임차료에 부담을 느끼고 인근 산골짜기에 땅을 사서 직접 건물을 짓고 서점을 옮겨왔다고 한다. 오지에 있지만 주말에는 하루에 100명 이상 이곳을 찾아온다. 서가에는 아주 오래된 책이 대부분. 한참을 뒤적이다 소설책 두 권을 사 들고 나왔다. 추억을 들고 나온 것 같은 기분이 든다.

마지막 연주

　재즈의 성지 '원스 인 어 블루문'이 22년 만에 문을 닫는 날. 모든 공연이 끝나고 자정이 넘자 무대에는 공연 내내 여러 가수와 협연했던 색소폰 거장 이정식 홀로 남았다. 곧 영업 종료 시간. 이제 정말 마지막 연주다. 고요한 재즈바에 구성진 색소폰 소리가 울려 퍼졌다. 그가 선택한 곡은 '대니 보이(Danny boy)'. 그 어떤 곡보다도 열정적인 연주에 여기저기서 아쉬운 탄식이 흘러나왔다. 그는 "이 곡이 전쟁터에 간 아들을 그리워하는 아버지 마음을 그린 노래예요. 지금 우리들 마음 같아서 골랐습니다"라고 말했다.

　처음 문을 연 1998년 재즈를 좋아하는 친구를 따라 이곳에 처음 와봤다. 재즈라는 음악을 처음 들어본 날. 파란색 네온사인 아래 뮤지션들의 신들린 연주를 보고 충격을 받았던 기억이 아직도 생생하다. 22년간 국내 재즈 문화의 성지로 자리 잡아왔는데, 올해 코로나 사태의 장기화로 어려움을 겪다가 최근 건물이 매각되어 결국 문을 닫게 됐다. 주인은 마지막 인사에서 웃으며 헤어지자고 말했다. 추억의 한 조각이 사라졌다.

누군가에겐 꿈, 누군가에겐 추억

동네 인근을 지나다 낯선 풍경에 발걸음을 멈췄다. 서울 시내의 한 주택 재건축 단지. 얼마 전만 해도 낮은 언덕에 빼곡히 주택이 들어차 있던 곳인데, 철제 담장 너머 집 대부분이 사라지고 집터만 덩그러니 남아 있다. 줄지어 늘어선 전봇대만이 이곳이 골목길이었음을 짐작하게 한다. 철거 작업이 시작되자 1000여 가구가 순식간에 분해돼 건축 폐기물로 변했다. 옹기종기 집들이 모여 있어 따뜻해 보였던 동네가 허허벌판으로 삭막해져서 문득 아쉽기도 하다. 이곳에는 곧 3000여 가구의 대규모 아파트 단지가 들어설 예정이다. 재건축 이야기가 나온 지 10년 만에 공사가 시작됐다고 한다. 수십 년을 살아온 터줏대감들도 있지만 그동안 많은 집주인이 바뀌었다. 오랜 기간 눈에 익었던 모습이 탈바꿈하는 순간. 누군가는 입주하게 될 새 아파트를 꿈꾸기 시작하고, 누군가는 진작에 투자하지 못한 것을 아쉬워하고, 또 다른 누군가는 소중한 추억을 잃는다.

우주기지 속 실험실 같은 식물공장

　거대한 실험실 같은 식물공장. 흙 한 줌 없이 수경재배 중인 채소 선반이 차곡차곡 쌓여있다. 마치 영화 '마션'에 나오는 우주기지 속 농장 같기도 하다. 경기도 평택에 있는 농업회사 팜에이트에서 운영하는 이곳은 인공지능과 빅데이터를 적용해 채소를 재배하는 '스마트팜(smart farm)'이다. 사진을 찍으러 안으로 들어가기 위해 방진복을 입고 여러 번 소독 과정을 거쳤다. 식물이 자랄 수 있는 최적의 빛과 온도, 습도, 영양분 등을 유지하기 위해서 철저히 외부와 환경을 분리하기 때문이다. 덕분에 계절이나 기후에 관계없이 1년 365일 싱싱한 채소를 길러낸다. 700평의 스마트팜에서 매일 1톤의 채소를 생산하는데 일하는 직원은 단 12명. 동일한 면적의 노지보다 40배 이상 생산량이 많다. 상상 속에 미래의 농사짓는 모습이 딱 이랬던 것 같다. 연평균 영하 23도인 남극 세종과학기지에 최근 설치된 새로운 스마트팜에서는 열매채소도 기를 수 있다고 한다. 이제 남극에서도 호박 된장찌개와 오이냉국을 먹을 수 있게 됐다.

파일럿이 되어 하늘로

부탄 파로 국제공항 인근 상공. 항공기가 선회 비행을 시작하자 조종석 창문 너머로 히말라야산맥과 눈부시게 파란 하늘이 한눈에 들어온다. 서울 강서구 서울시뮬레이션 센터에 있는 에어버스 A320 조종석과 똑같은 모습의 시뮬레이터에서 한 체험자가 모의 조종을 하고 있다. 이곳은 비행 교육생들과 A320 조종 자격증을 따려는 항공사 기장들이 주로 연습하던 곳. 그런데 코로나 이후 항공 수요가 급감하면서 된서리를 맞았다가 최근 일반인 이용객이 급증했다. 멀리 떠나지 못해 답답한 마음을 조종 체험을 통해 대리 만족 하려는 사람들 때문이다. 파일럿의 꿈을 가진 이들도 찾아온다. 비행기 조종사가 꿈인 아이에게 경험시켜주고 싶어서 제주도에서 비행기를 타고 온 가족도 있었다고 한다. 눈앞에서 끊임없이 펼쳐지는 탁 트인 풍경. 마치 실제로 하늘을 날아가고 있는 것 같다. 조종사가 "이번에는 뉴욕 JFK 공항으로 모시겠습니다"라고 말했다. 셔터를 누르다가 나도 모르게 설레기 시작했다.

하늘을 날다

충남 부여 상공. 열기구를 타고 1.5km까지 올라간 '윙슈트 코리아' 팀의 정용상(31)씨가 열기구 밖으로 몸을 던졌다. 그의 헬멧에 360도를 촬영할 수 있는 VR 카메라를 달고 담아낸 장면. 하늘에는 점점 멀어지는 열기구가 떠있고 아래로는 금강을 낀 아름다운 부여가 보인다. 하늘을 날 때 눈앞에 펼쳐지는 풍경이 고스란히 담겼다.

윙슈트는 날다람쥐에 착안해 팔과 다리 사이에 옷감을 붙인 특수 비행복. 비행 거리가 늘어나 실제로 하늘을 날아가는 기분이 든다고 한다. 국내 최초로 시도한 이번 열기구 윙슈트 스카이다이빙에는 팀원 이근 전 대위도 함께했다. 식품 유통업을 하는 정씨는 틈이 날 때마다 이렇게 윙슈트를 입고 하늘을 난다. 비행을 마친 그에게 무섭지 않으냐고 묻자 웃으며 답했다. "상공에서 지상을 내려다보면 세상 만물이 조그맣게 보여요. 땅 위에서 받았던 스트레스와 걱정거리를 별것 아닌 듯이 느끼죠. 꼭 한번 뛰어보세요!"

홍자 팬클럽 택시에 타신 걸 환영합니다

　퇴근길에 잡아탄 택시의 차 문을 연 순간 두 눈이 휘둥그레졌다. 내부가 트로트 가수 홍자의 사진과 응원 문구로 가득하다. '이거 택시 맞나?' 정신을 차리려던 순간, 운전석에서 친절하고 밝은 목소리로 건네는 인사말이 들려온다. "안녕하세요. 홍자 팬클럽 택시에 타신 걸 환영합니다!"

　개인택시를 운행하는 원종선(40)씨는 2년 전 가수 홍자의 팬이 된 후 택시를 '팬클럽 택시'로 꾸미기 시작했다. 승객들에게 가수의 다양한 모습을 보여주기 위해서 내부에 붙인 100여 장의 사진은 모두 다른 스타일로 구성했다. 홍자 팬클럽에 가입하면 요금 10%를 할인해 주는 즉석 이벤트도 한다. 태어나서 처음으로 팬클럽 활동을 해본다는 원씨에게 열렬한 팬이 된 이유를 묻자 "노래도 감동적이지만 당시 내가 경제적 어려움을 겪고 있을 때, 희망을 버리지 않고 오랜 무명 가수 생활을 버텨온 그의 이야기가 마음을 움직였다"고 했다. 가수 홍자가 헌혈 홍보 대사가 된 이후로 원씨는 2주에 한 번씩 꼬박꼬박 헌혈을 해서 30회를 하면 주는 적십자 헌혈유공장 은장을 수상했다고 한다. 진정한 팬이 아닐 수 없다.

탱크도 만들 수 있나요?

서울 신설동 풍물시장 표지판을 따라 들어가자 마주친 풍경. 장갑차 문짝과 궤도, 탱크 포신과 위장막 등 군부대에서나 볼 수 있는 각종 군수품이 주택 담벼락 한가득 진열돼있다. 총알 자국이 남아있는 방탄 유리도 있다. 전투 현장에서 막 튀어나온 것 같은 물건에 행인들은 눈을 떼지 못한다.

어렸을 때부터 '밀리터리 덕후'였던 주인 박노석씨가 34년 동안 모아온 것들이다. 주로 미군 주둔 기지가 있는 일본 오키나와에서 처분되는 군수품을 수집했다고 한다. 걸프전 사막 전투에서 사용되던 것도 있다. 간혹 밀리터리 스타일로 인테리어를 하려는 사람들이 소품으로 사 간다고 한다. 한참 넋을 잃고 구경하자 박씨는 "이 벽이 서울 풍물시장의 포토존"이라며 활짝 웃었다. 이런 마니아들 덕분에 눈이 즐거워진다.

구멍 난 양말의 마지막 경례

  검은 정장에 코트까지 맞춰 입은 한 사내가 전두환 영정 앞으로 다가
갔다. 평범한 조문객이라고 생각했는데, 갑자기 코트 주머니에서 주섬
주섬 무언가를 꺼내기 시작했다. 돌발 상황이 생길지 모른다는 생각에
숨죽여 카메라를 겨눴다. 낡은 군모. 그가 주머니에서 꺼낸 것은 군모
였다. 영정 앞에서 군모를 쓴 그는 전두환 영정에 경례를 하고 한참을
멈춰 섰다. 그때 그의 해진 양말이 눈에 들어왔다. 뒤꿈치는 물론이고
양말 바닥까지 큰 구멍이 있는 낡디낡은 양말이었다. 그들만의 세상과
그들의 현실을 보여주는 장면. 어제 전두환 빈소에서 본 이 장면이 아
직도 잊혀지지 않는다.

엄마~ 나는 왜 밥 안 줘요!

경기도 동두천의 한 가게 앞에 집을 짓고 살고 있는 제비 가족. 봄에 찾아온 여름 철새 제비 부부가 차광막 아래 둥지를 틀고 새끼 네 마리를 낳아 키우고 있다. 경쾌하게 지저귀는 제비 소리가 기분 좋게 들려온다. 멀리서 망원 렌즈로 제비 둥지를 지켜봤다. 아침부터 새끼들 먹여 살리느라 분주한 제비 부부. 쉴 새 없이 인근 하천에서 먹이를 잡아와 새끼들 입에 넣어준다. 새끼들은 그래도 배고픈 듯, 멀리서 날갯짓 소리만 들려도 일제히 노란 주둥이를 활짝 벌린다. 네 마리 모두 챙겨가며 사냥에서 돌아올 때마다 순서대로 입에 넣어주던 어미 제비. 그런데 아뿔싸, 그만 한 녀석에게 연속으로 두 번 주고 말았다. 다 먹었다고 생각한 어미가 둥지 옆에 앉아 잠시 쉬고 있는데, 졸지에 굶은 아이는 화가 많이 났나 보다. 어미를 향해 서럽게 울어대기 시작했다. 배부른 나머지 세 마리는 모르는 척 눈을 감는다. 어미 새는 서럽게 우는 새끼를 한참 쳐다보다가 다시 사냥터로 날아가기 시작했다. 역시 자식 이기는 부모는 없나 보다.

'혐한'도 막을 수 없는 K팝의 힘

　　서울 이화여대 앞 골목길 건물 외벽에 한 아티스트가 걸그룹 레드벨벳의 조이 얼굴을 그리고 있다. 화려한 페인팅을 본 행인들이 가던 길을 멈추고 한동안 눈을 떼지 못했다. 이 벽화는 중국의 조이 팬클럽에서 의뢰한 작품이다. 이렇게 중국 K팝 팬들이 아이돌 벽화 제작을 주문하는 경우가 많다고 한다. 한국의 지하철과 야외에 설치된 아이돌 래핑 광고 90퍼센트 이상은 중국 팬들이 추진해서 만들어졌다. 벽화를 제작하는 한종혁 이프비 대표는 "유독 스케일이 큰 응원 문화를 좋아하는 중국인들의 성향 때문인 것 같다"고 말했다. 덕분에 긍정적인 효과도 발생한다. 화려한 벽화 덕분에 회색빛 골목이 밝아졌다. 벽화는 '성지'가 돼 아이돌 팬들이 찾아와서 지역 상권 활성화에도 도움이 된다. 실제로 중국 팬들 의뢰로 부산 감천문화마을에 그려진 BTS 벽화의 인증샷을 찍으러 전 세계 아미 팬들이 몰려들고 있다. 아직도 중국에서는 한국 문화 콘텐츠에 대한 규제가 이어지며 '혐한 정서'가 존재하지만, K팝 팬덤만은 막을 수 없나 보다.

해가 지면 '레트로 감성'이 뜬다

충남 당진 삽교호 인근의 한 놀이동산. 해가 뉘엿뉘엿 넘어가자 대관
람차가 한눈에 보이는 놀이동산 뒤편 휑한 논길에 사람들이 하나둘 모
여들기 시작한다. 어둠이 내리자 서서히 무지갯빛으로 변해가는 대관
람차. 시골 풍경 속에 우뚝 서있는 모습만으로도 신기한데, 알록달록한
색감이 감성을 자극한다. 논길에서 이때를 기다리던 사람들이 휴대폰
을 꺼내 아름다운 풍경을 담기 시작했다. 놀이공원의 상징이었던 대관
람차는 밀폐된 공간에 탑승해 느릿느릿 움직이는 특성 때문에 첫 키스,
고백, 프러포즈 같은 연인들의 추억을 간직한 곳이라고들 한다. 신기술
을 갖춘 화려한 놀이 기구에 밀려나 어느 순간부터 차츰 없어지더니 지
금은 어느덧 '복고풍(레트로) 아이템'이 됐다. 아날로그적 감성을 느끼고
싶어서 찾아오는 사람들. 어둠이 짙어질수록 더욱 화려한 옷으로 갈아
입는 대관람차 모습을 보니 문득 로맨스 영화가 시작될 것만 같다.

세계적 드라마가 소환한 옛 추억

"우산 모양으로 만들어 주세요."

달콤한 향기가 가득한 달고나 가게에서 손님들이 유독 '우산'을 주문한다. 뜨끈한 달고나를 받아 들고 '뽑기'를 시작하자, 갑자기 표정이 진지해졌다. 마치 드라마 '오징어 게임'의 주인공이 된 듯하다. 서울 대학로의 한 달고나 가게에는 하루 종일 인파로 북적였다. 넷플릭스를 통해 세계적으로 인기를 끌고 있는 드라마 '오징어 게임'에 달고나 뽑기가 등장한 이후 벌어진 현상이다. 주인은 이곳에서 장사를 한 지 25년 만에 처음 있는 일이라고 했다. 그는 '오징어 게임'에 등장하는 달고나를 모두 만들었다. 촬영장에서 모두 몇 개나 만들었느냐는 질문에 "하루에 설탕 5kg씩 사흘간 쉬지도 않고 만들었어. 개수는 생각도 하기 싫어"라며 손사래를 쳤다. '오징어 게임' 덕분에 지금 유럽에서도 달고나 열풍이 불고 있다고 한다. 국자에 설탕을 녹이고 베이킹 소다를 한 꼬집 넣으면 펼쳐지는 마법. '국민학교' 시절의 추억이 전 세계인이 열광한 드라마 때문에 소환될 줄이야.

내 몸은 잠시 예술이 되다

보디페인팅 경연대회를 마친 모델들이 거울 앞에서 물티슈로 몸에 칠해진 컬러 물감을 지우고 있다. 모델들은 거울을 바라보다 "조금 전까지만 해도 아름다운 예술 작품이었는데, 한순간에 영화 '아바타' 주인공처럼 변했다"며 웃음을 터트렸다.

한국분장예술인협회가 시행하는 '2021 뷰티 소상공인 기능경진대회' 보디아트 부문에 참가한 아티스트들은 장장 4시간 동안 모델과 마주서서 작업했다. 아티스트는 열정적으로 모델의 전신에 화려한 색을 입혀갔고, 모델은 화장실을 가지 않기 위해 물도 거의 마시지 않으며 정지 상태로 4시간을 버텨냈다. 힘들지 않았느냐는 질문에 러시아 무용수 겸 모델 아나스타샤(24)는 이렇게 대답했다. "전혀 힘들지 않았어요. 내 몸이 잠시 예술이 되는 것 같아서 마음껏 즐겼습니다."

밤하늘의 UFO처럼

약속 시간이 되자 고요하던 공터에서 수백 개의 불빛이 일제히 하늘로 떠올랐다. 경기도 성남시가 주최한 '드론 라이트쇼'를 펼칠 드론 500대. 벌 떼의 날갯짓과 같은 윙윙 소리를 내며 순식간에 떠오른 드론들은 불빛 색깔을 바꿔가며 아이들이 뛰어노는 모습, 코로나 방역 응원 문구 등 밤하늘에 화려한 그림을 그리기 시작했다.

어떻게 드론 500대가 충돌 없이 일사불란하게 움직일 수 있을까. 드론쇼를 펼친 유비파이 임현 대표는 "드론마다 철저하게 계산된 비행 경로를 따라 움직이게 만들었다. 수백 대의 드론이 서로를 피하고, 속도를 유지하고, 정밀한 위치를 추정하는 것이 기술의 핵심"이라고 말했다. 밤하늘을 화려하게 수놓으며 임무를 마친 드론들이 다시 제자리로 돌아와 내려앉았다. 잠시 지구를 찾은 UFO 군단을 만난 기분이다.

이제 대통령을 뽑을 시간

　서울 종로의 한 서점 벽면에 두 그라피티 작가가 각각 지지하는 대선 후보를 그린 벽화. 이재명 후보를 지지하는 작가 닌볼트는 아이언맨을 콘셉트로 이 후보가 국민의 히어로가 되길 바라는 마음을 담아 '아이언맨 이재명'을 그렸다. 윤석열 후보를 지지하는 작가 탱크시는 영국 예술가 뱅크시의 '눈 먹는 소년'을 패러디해 윤 후보가 우산을 내밀어 줄 수 있는 사람이 되길 바라는 마음을 담았다고 한다.

　사실 이 벽면은 두 후보를 비방하는 그림으로 유명해진 곳. 한편에는 아직도 '쥴리'와 '김부선' 그림의 흔적이 남아있다. 이 풍자 벽화를 직접 보고 싶어서 다들 잠든 새벽 이곳을 찾았다. 조명을 설치하고 사진을 찍으려는 순간, 리어카를 끌고 폐지 줍는 노인이 무심히 지나갔다. 혐오와 비난이 난무하는 선거가 그에게 무슨 의미가 있을까란 생각이 머리를 스쳤다. 사치스러워 보이는 정쟁 속에 오늘도 힘겨운 민생은 홀로 걷고 있다.

거리는 다시 크리스마스

　해가 저물고 어둠이 내려앉자 도심 거리가 크리스마스 장식으로 반짝이기 시작했다. 서울 신세계백화점 본점이 크리스마스 조명을 켜고 미디어 파사드를 선보였다. 이맘때면 늘 건물 외벽에 꾸며지는 장식이지만 올해는 유난히 아름답다고 소문이 나서 소셜미디어의 성지가 되고 있다. LED 칩을 140만개 사용해서 외관을 장식했고, 서커스를 테마로 한 미디어 파사드 '매지컬 홀리데이'로 환상적인 분위기로 꾸몄다고 한다. 이 모습을 휴대폰에 담기 위해 회현 사거리에는 외국인 관광객을 포함해서 시민 수백 명이 몰려들었다.

　크리스마스를 자축하며 맞은편 건물에서 삼각대를 설치하고 장노출 촬영으로 미디어 파사드가 상영되는 3분의 시간을 한 컷에 담았다. 빨갛고 노란 불빛의 자동차 궤적까지 더해지니 근사한 연말의 풍경이 그려졌다. 달콤한 크리스마스 케이크처럼.

모두에게 전하고 싶은 한마디

늦은 밤, 빛의 축제 '안녕? 강동'이 열리고 있는 서울 한강 광진교를 찾았다. 화려한 조명으로 장식된 한강 다리를 거닐다가 한 곳에 시선이 멈췄다. 핑크색 네온사인으로 만들어져 다리 난간에 걸려있는 메시지. 문구 뒤로 아른거리는 서울 야경의 불빛을 보니 올해가 마무리되고 있다는 것이 실감 났다. 이때쯤 되면 마스크를 벗고 마음껏 공기를 들이마시며 사람들과 어울려 송년 파티를 하고 있을 줄 알았는데, 여전히 마스크를 쓰고 사람들과 거리를 둔 채 셔터를 누르고 있는 모습이 작년과 똑같다는 생각이 들었다. 다음 해에 소망이 있다면 마스크로 가린 얼굴이 아닌, 표정이 살아있는 사람들 얼굴을 보고 싶다는 것이다. 눈에 보이지 않는 바이러스와 힘겹게 싸워가며 각자 자리에서 열심히 살아온 모두에게 전하고 싶은 한마디, '수고했어, 올해도'.

로봇이 맞이해주는 세상

사람을 꼭 닮은 12대의 로봇이 줄지어 앉아서 무표정한 얼굴로 행인들을 바라본다. 마치 생각에 잠긴 듯 천천히 고개를 끄덕이고 손가락을 까딱까딱 움직였다. 다양한 얼굴을 한 로봇 곳곳에 부품이 노출돼 있어서 문득 섬뜩한 느낌이 들기도 한다. 경기도 하남 스타필드의 한 선글라스 브랜드 매장 입구에 놓인 로봇 설치물이다. 그 앞을 오가는 사람들이 멈춰 서서 한동안 눈을 떼지 못했다.

요즘 로봇이 사람 대신 손님을 맞아주는 곳이 늘어나고 있다. 커피나 햄버거 주문을 키오스크로 하고, 음식 서빙도 무빙 로봇이 대신해 준다. 얼마 전 미국 라스베이거스에서 열린 세계 최대 가전 박람회 CES 2022를 주도한 기술도 인공지능(AI)과 로봇이었다. 인간과 점점 가까워지는 로봇이 반가우면서도, 다가올 미래가 궁금해진다. 로봇개를 데리고 산책하면 행복할까. 어떻게 하면 인간과 로봇이 이상적으로 공존할 수 있을까.

오늘은 얼음 위에서 잔다

산골짜기에 어둠이 내리자 얼음 위 알록달록 텐트가 하나둘 불을 밝히기 시작했다. 입춘이 지났는데도 여전히 매서운 날씨에 겨울의 절정을 즐기려는 사람들이 모였다. 경북 안동 대사리 길안천. 주변이 병풍 같은 암벽으로 둘러싸여 겨울철이면 온종일 햇빛이 들지 않아서 50cm가 넘는 두꺼운 얼음이 어는 곳이다. 덕분에 주말이면 얼음 위 캠핑, 이름하여 '빙박'을 즐기려는 사람들이 전국에서 몰려온다.

해가 지자 칼바람에 급격히 떨어지는 체감온도. 암벽에 붙은 거대한 빙벽이 한기를 더한다. 얼음판 위에 자리를 깔고 침낭 속에 누워 있으니, 바닥에서 쩍쩍 얼음이 갈라지는 소리가 울려 퍼졌다. 얼음이 팽창하면서 갈라지는 소리와 다시 얼어붙는 소리. 강이 숨 쉬는 소리가 경이롭기도 하고, 칠흑 같은 어둠 속에서 무섭기도 하다. 이 겨울이 지나면 한동안 경험할 수 없는 얼음 왕국이다.

상상이 현실이 되다

사방으로 펼쳐진 백두대간 밤하늘에 별이 반짝이며 '홀로 아리랑' 음악이 잔잔히 울려 퍼졌다. 풍등이 떠오르기 시작하자 아르떼뮤지엄 강릉 미디어아트 전시관에서 숨죽여 지켜보던 관객들이 일제히 탄성을 질렀다. 모두가 마음만은 백두대간에 서 있는 듯했다. 얼마 전 베이징

겨울 올림픽 개회식을 지켜보며 느꼈던 격세지감. 14년 전 베이징 여름 올림픽 개막식에서 무려 1만5000명을 동원해 연출했던 효과를 '인해전술' 없이 미디어 아트만으로 표현했다. 봄날이었다가 순식간에 얼음 왕국으로 변신한 경기장. 상상하는 것이 현실이 되는 세상이다.

힘내라, 우크라이나!

서울 남산 N서울타워에 우크라이나 국기를 상징하는 파란색과 노란색 조명이 켜졌다. 러시아의 침공으로 고통받는 우크라이나 국민들을 위해 불빛을 밝힌 것이다. 서울을 비롯해 세계 주요 도시의 랜드마크들이 파란색과 노란색 불빛으로 우크라이나에 응원의 메시지를 보내고 있다.

연일 외신을 통해 들어오는 우크라이나의 사진들은 처참하다. 무너진 건물과 희생된 사람들, 전쟁을 겪고 있는 아이들의 불안한 눈빛. 서울에서 무용수로 활동하는 러시아인 아나스타샤(25)는 얼마 전 재한 러시아인들이 주최한 우크라이나 전쟁 반대 집회에 나섰다. 그는 "우크라이나 친구들이 많이 있어요. 푸틴이 전쟁을 일으켰지 러시아 사람들 잘못이 아니라고 내게 이야기해 주지만, 가슴이 너무 아파요"라고 말하며 눈물을 글썽거렸다. 그리고 한마디 덧붙였다. "우리는 모두 함께 살아가는 형제자매입니다."

시골집에서 열린 음악회

충남 부여군 규암리에 있는 고택 '이안당'에서 열린 작은 음악회. 싱어송라이터 재주소년의 감미로운 목소리와 가수 김장훈의 발라드가 시골 마을에 잔잔히 울려 퍼졌다. 집 주변을 날아다니며 지저귀는 참새 소리와 뒷마당에서 간간이 들려오는 닭 울음소리가 음악과 어우러져 마치 영화의 한 장면 같았다. 공연을 보기 위해 전국에서 찾아온 관객들은 마당에 앉아 미소를 머금고 이 순간을 즐겼다. 인적이 끊겼던 시골에 이처럼 사람들이 찾아오기 시작한 것은 4년 전부터다. 길가에 방치됐던 집들이 재생작업을 거쳐 책방, 갤러리, 카페, 공예 공방 등 문화 콘텐츠로 다시 살아나기 시작했다. 이 프로젝트를 진행해 온 박경아(40)씨는 이곳을 '스스로(自) 따뜻해지는(溫) 길'이라는 의미에서 '자온길'이라고 이름 붙였다. 그는 "버려진 마을이 다시 사람들의 온기가 도는 곳이 되기를 바라는 마음을 담았어요"라고 말했다.

점당 10원… 타짜들의 전쟁이 시작됐다

'싸늘하다. 가슴에 비수가 날아와 꽂힌다. 하지만 걱정하지 마라. 손은 눈보다 빠르니까. 아귀 할미한테 밑에서 한 장. 정씨 할미도 밑에서 한 장. 나 한 장. 아귀 할미한테 다시 밑에서 한 장. 이제 정씨 할미에게 마지막 한 장…'

코로나 이후 1년 6개월 만에 다시 문을 연 서울 황학동의 한 경로당. 그동안 집에서 홀로 실력을 갈고닦았던 '타짜'들의 점당 10원짜리 판이 벌어졌다. 시간이 갈수록 말 수가 줄어든다. 간다고 인사드렸는데, 아무도 대꾸를 안 하신다.

산불, 3년이 지나도

　3년 전 이맘때 대형 산불이 발생했던 강원도 고성군 토성면 성천리 야산. 불에 타버린 채 밑동이 잘린 나무 옆에 진달래가 뿌리를 내리고 꽃이 피었다. 울창한 숲을 자랑했던 마을 뒷산은 대부분 민둥산으로 변했고, 그 자리에 심어진 어린 소나무 묘목들은 힘겹게 자라고 있다. 뒤편 숲에는 아직 벌목 되지 않은 나무들이 잿빛으로 남아있다. 화마의 열기 때문에 토양에 양분을 공급해야 할 유기물이 모두 타버린 탓인지, 이곳은 유달리 흙이 메말랐다. 봄바람이 불자 여전히 매캐한 냄새가 코끝을 자극한다.

　산림청 자료에 따르면 지난 10년간(2011~2020년) 산불이 앗아간 숲의 면적이 1만1000여 헥타르. 잿더미로 변한 숲에 다시 미생물이 자라고 생태계가 회복되기까지는 100년 가까이 걸린다고 한다. 한순간 잃어버린 자연을 다시 되돌리는 게 이렇게 힘들다.

전통 한지와 빛의 만남

날이 어두워지자 전통 한지로 만들어진 2000여 개의 한지등에 불이 켜졌다. LED 전구가 영롱한 색감의 한지를 만나 은은하고 아름다운 빛을 만들어냈다. 강원도 원주 한지테마파크에서 열리고 있는 '원주한지문화제'의 '빛의 계단'. 여기에 사용된 한지등은 모두 시민들이 축제를 위해 정성스레 만든 작품이다.

조선 시대부터 한지로 유명했던 원주는 한지의 원료인 닥나무가 많이 자라고 물이 맑아서 20년 전까지만 해도 한지 공장이 몰려 있었다고 한다. 그러다 펄프로 대량생산하는 '양지'가 보편화되면서 한지 공장은 대부분 사라지고 현재는 두 곳만 남아 그 명맥을 유지하고 있다. 사라져가는 한지 문화를 되살리기 위해 지역에서는 24년째 이렇게 한지 축제를 열어왔다. 코로나 이후 3년 만에 온전한 대면 축제로 막을 올린 한지문화제에는 모두 1만여 개의 한지 등이 빛과 아름답게 어우러졌다. 일상을 되찾아가며 다시 멋진 지역 축제와 만났다.

하늘에서 펼치는 서커스

타워크레인에 매달린 줄에 아티스트 두 명이 몸을 실었다. 하늘을 떠다니며 펼치는 아름다운 몸짓에 관람객들의 시선이 멈췄다. 아찔한 동작이 펼쳐질 때면 여기저기서 탄성이 터졌다. 춘천마임축제에서 프로젝트 루미너리가 '다시, 봄'을 주제로 야외에서 펼친 에어리얼 서커스의 한 장면. 겨울 같았던 코로나 팬데믹이 지나고 다시 찾아올 따뜻한 봄날을 표현했다고 한다.

에어리얼 서커스의 매력은 일상에서 만날 수 없는 놀라움을 전달하는 것. 연기자는 아찔함과 스릴을 전하기 위해 안전장치 없이 공중에서 연기를 펼친다. 몸에 와이어를 걸면 공중회전이나 수직 하강 같은 과감한 동작을 할 수 없기 때문이다. 꾸준한 연습으로 다져진 공연자의 자신감이 원동력이다. 공연을 마친 연기자가 벅찬 표정으로 소감을 전했다. "광장에 모인 수많은 관객의 눈빛을 보니, 정말로 다시 봄이 온 것 같아요."

555미터 서울 하늘에서의 하룻밤

롯데월드타워의 가장 높은 123층에서 계단으로 2개 층 더 걸어 올라가 문을 열고 나오면 만날 수 있는 랜턴부. 비행기와 부딪히지 않도록 타워 최상층에 빛을 내는 조명이 설치된 곳이다. 이곳에서 침낭을 깔고 자는 비박 체험에 참여했다.

올라가자마자 안전을 위해 등반용 벨트 하네스를 몸에 착용하고 안전줄을 구조물에 걸고 이동했다. 잠잘 때도 안전장비를 연결한 채 침낭에 들어가야 했는데, 짜릿한 체험을 위해서라면 감수할 수 있었다. 침낭 위에 앉아 고개를 드니 난간 너머로 작은 미니어처 같은 서울 야경이 한눈에 펼쳐졌다. 손 뻗으면 잡힐 것 같은 수퍼문과 별들을 마주하니 하늘에 있다는 게 실감 났다. 밤이 깊어지자 피부에 닿는 서늘한 밤바람. 덕분에 침낭 속의 따뜻한 기운이 한없이 포근했다. 눈을 감으니 묵직한 바람 소리가 저 밑에서 울려 퍼졌다. 555m 서울 하늘에서의 하룻밤은 그렇게 깊어만 갔다.

빌딩 옥상의 화려한 변신

　도심에 어둠이 내려앉을 무렵 서울 광화문의 한 빌딩 옥상에 불이 켜졌다. 계단을 통해 옥상으로 올라온 사람들이 문을 열고 나오는 순간, 탁 트인 광경에 탄성을 지른다. 맞은편 빌딩에 비친 저녁노을이 아늑한 분위기를 더해줬다. 서울 야경을 보며 파티를 즐기는 사람들 얼굴에는 자유로움이 가득하다. 얼마 전까지만 해도 출입이 통제된 삭막한 옥상이었는데, 인조 잔디를 깔고 루프 톱(roof top) 분위기로 바꾸니 소문이 나면서 사람들이 몰리기 시작했다.

　최근 이렇게 옥상을 활용하는 곳이 많아졌다. 정원같이 꾸며서 결혼식을 하고, 지상에서는 볼 수 없는 특별한 뷰(view) 때문에 사진 촬영 명소로 활용한다. 소셜미디어에는 루프 톱 명소를 찾아 공유하는 사진도 많다. 도시에 사는 사람들에게 옥상은 도심 속 오아시스가 되기도 한다. 옥상에 올라 건물과 자동차, 사람들을 내려다보면 답답한 도시에서 잠시 일탈하는 기분이 든다. 그래서 죽어 있던 옥상이 살아 있는 공간으로 바뀌는 모습을 보면 무척 반갑다.

관객이 직접 그려 넣은 물결

하얀 보트가 덩그러니 놓여있던 백색의 적막한 공간이 수많은 메시지로 가득 찬 푸른 바다로 변했다. 제주도 포도뮤지엄에서 전시되고 있는 설치미술가 오노 요코의 작품 '채색의 바다(난민보트)'. 비틀스 멤버 존 레넌의 아내이기도 한 작가는 하얀 공간과 빈 보트에서 출발했고, 이곳을 찾은 관객에게 이 세상 모든 소수자를 위해 해주고 싶은 이야기를 자유롭게 남겨달라고 부탁했다. 난민 보트가 새로운 여정을 찾아 항해할 수 있도록 관객이 직접 물결을 만들어 달라는 의미다. 전시가 시작된 지 2주 만에 하얀 벽면과 보트는 관객이 그린 그림과 메시지로 가득 찼다. 이후로도 사랑, 희망, 그리움 같은 단어와 하트, 물고기, 고래 같은 그림이 계속 덧칠되고 있다. 덕분에 작품은 매일 새롭게 바뀐다. 마치 푸른 바다 물결이 살아서 움직이듯이.

한글 간판이 사라졌다

가을 분위기가 물씬 풍기는 경기도의 한 대형 쇼핑몰을 둘러보다 문득 고개를 들어보니 한글이 하나도 보이지 않는다. 건물 외벽에 붙어있는 간판 46개 모두 외국어. 다른 동 건물까지 포함하면 총 90여 간판 중에 한글로 표기한 건 식당 이름을 적은 2개뿐이었다. 최근 사람이 몰리는 서울 도심 거리를 둘러봐도 한글로 표기한 간판은 좀처럼 찾기가 어렵다.

현행법에 따르면 실외 광고물의 문자는 원칙적으로 한글로 적어야 한다. 외국어로 쓸 경우에는 특별한 사유가 없으면 한글과 함께 표기해야 한다. 하지만 지자체 대부분에서 상표법이나 디자인 보호법에 따라 등록된 상표는 한글과 같이 쓰지 않아도 된다고 조례로 안내하고 있어서 한글 없는 간판은 사실상 묵인되고 있다. 576돌 한글날을 맞이하지만, 정작 아름다운 우리말은 점점 우리 생활에서 멀어지는 것 같아서 안타깝다.

북쪽은 평안하십니까

판문점 북측 건물 판문각에서 북한 병사들이 창문으로 모습을 드러
냈다. 커튼을 굳게 내린 창문을 향해 렌즈를 고정하고 기다린 보람이
있었다. 병사들은 기자를 포함한 남측 방문객 움직임을 유심히 지켜봤
다. 몇 달 전에는 창문에서 방호복을 입은 북한군 모습이 포착되기도
했는데, 방호복을 벗고 마스크도 쓰지 않은 병사들을 보니 북도 방역
수칙이 완화된 것 같았다.

오랜만에 찾은 판문점 풍경은 차가워진 바람처럼 싸늘했다. 유엔사
관계자에 따르면 코로나 발생 이후에 북한군은 판문각 바깥으로 나오
지 않고 사실상 자취를 감췄다고 한다. 북한의 미사일 도발 등으로 경
직된 남북 관계 속에서 북한 병사 표정 하나 담지 못하고 돌아갈 것 같
아서 아쉬웠는데, 때마침 커튼을 걷고 나타나 준 병사들. 한편으로 반
가운 마음에 셔터를 누르며 인사를 건넸다. '북쪽은 좀 평안하신지.'

따스한 불빛처럼

　반짝이는 불빛 속으로 사람들이 모이기 시작했다. 6000여 개의 조명과 유럽의 곡물창고를 연상시키는 조형물을 배경으로 저마다 사진을 찍으며 '12월의 추억'을 만들었다. 서울 여의도 더현대서울의 실내 정원에 조성된 크리스마스 마을은 동화 속에 나올 법한 풍경이 알려지면서 개장한 지 한 달 만에 40만 명이 넘는 사람들이 다녀갔다.

　화려한 조명이 거리를 밝히는 12월이 됐지만 예전과는 조금 다른 연말을 맞고 있다. 이태원 핼러윈 참사 여파에 경기 불황까지 겪으면서 연말 분위기가 가라앉고 있다. 기분을 들뜨게 했던 캐럴은 들리지 않고, 거리에 크리스마스 조명도 눈에 띄게 줄었다. 자영업자들은 대목인 시기에 오히려 야간 매출이 뚝 떨어졌다며 안타까워했다. 차가워진 바람까지 더해져서 몸을 잔뜩 움츠리게 되는 계절. 부디 마음만은 그 어느 때보다 따뜻한 연말이 되기를.

그림에 풍덩 빠지다

수영장이 예술 작품과 만났다. 안다즈 서울 강남 호텔 수영장에 설치
된 미디어 스크린에서 NFT 디지털 작품이 전시되고 있다. 작품은 박정
인 작가의 '나의 밤'. 잠자리에 누웠을 때 머릿속에 펼쳐지는 상상의 공
간을 다양한 이미지 조각으로 구성했다고 한다. 화려한 작품이 비치는
물에서 수영을 즐기는 모습이 마치 그림 속에 풍덩 빠져버린 것만 같
다. 이 호텔은 주목받는 작가들의 NFT 예술 작품 9점을 호텔 내 디지
털 스크린을 통해 전시하고 있다.

최근 주목받고 있는 NFT(대체 불가능 토큰)는 희소성을 갖는 디지털 콘
텐츠에 블록체인 기술을 적용해 소유권을 증명하는 방법이다. 쉽게 말해
디지털화된 집문서로 보면 되는데, 예술 작품에도 적용되며 그 영역이
빠르게 확장되고 있다. 수영을 즐기며 작품을 감상하다가 직접 플랫폼에
접속해 구매해서 NFT 형태로 작품을 소유할 수 있는 세상이 됐다.

동백꽃 필 무렵

'겨울의 꽃'이 피기 시작하자 전남 신안군 암태도 기동삼거리에 있는 벽화가 드디어 완성됐다. 담벼락 위의 애기동백꽃이 어우러진 모습을 볼 수 있는 시기는 1년 중 동백꽃이 개화하는 이때뿐이다. 길가에 서서 아들이 탄 차의 뒷모습을 바라보며 배웅하던 노인은 카메라를 발견하고는 환하게 웃으며 반갑게 손을 흔들어 줬다.

지난해 신안의 보라색 '퍼플섬'이 유엔세계관광기구에서 세계 최우수 관광 마을로 선정될 만큼 주목받는 데는 주민들의 역할이 컸다. 보라색으로 섬을 꾸미자는 군청의 제안에 처음엔 난색을 표하던 노인들은 섬으로 사람들이 찾아오기 시작하자 마음을 바꿨다. 먼 곳까지 찾아와준 사람들이 반가워서 정성을 다해 맞아줬다고 한다. 사람이 그리웠던 거다. 아들을 배웅하며 애틋한 표정을 짓다가도 동네에 찾아와준 손님을 보며 반갑게 손 흔들어 주던 노인처럼. 낯선 곳을 친숙하게 만드는 것도, 쓸쓸해진 마음을 따뜻하게 녹여주는 것도 결국은 사람이 아닐까.

폐교는 추억을 이야기한다

작은 섬마을에 남겨진 폐교의 문을 열고 들어가자 뜻밖의 모습과 마주쳤다. 더 이상 사람이 드나들지 않는 출입문에 늘어진 담쟁이넝쿨이 빨갛게 물들어 있었다. 마치 반갑게 손님을 맞아주는 것만 같았다. 전남 신안군 자라도 안좌초등학교 자라분교. '마지막 재학생'이었던 남매가 도시로 전학을 가면서 지난 2020년 봄에 이 학교는 문을 닫았다. 학교 곳곳에는 두 어린이의 흔적이 남아있었다. 교실 뒤편 게시판에는 남매가 해맑게 웃고 있는 사진과 직접 그린 그림이 붙어 있다. 그리고 꾹꾹 눌러쓴 글씨로 각각 미용사와 요리사가 되고 싶다는 아이들의 장래희망도 적혀 있었다. 신안군은 이 폐교를 섬살이 교육전문센터로 활용할 예정이다.

출산율은 줄어들고 지역 인구도 감소하면서 이렇게 문을 닫는 학교는 점점 늘어만 간다. 폐교를 바라보던 한 노인은 말했다. "섬에서 학교는 공부만 하는 곳이 아니었어요. 삶의 방식도 배웠죠. 내가 나온 학교가 사라져간다는 게 안타까워요."

아빠! 물고기가 안 잡혀요!

산천어축제가 열리고 있는 강원도 화천군 화천천 얼음판 위에 한 아이가 엎드려 있다. 두 눈을 동그랗게 뜨고 조그만 얼음 구멍 안을 뚫어지게 바라보며 산천어를 애타게 찾는다. "아빠, 근데 물고기 잡히는 거 맞아요?"

얼음 구멍으로 찌를 내린 지 세 시간째 깜깜무소식. 얼음판에 엎드린 아이는 옷이 젖어가는데도 일어날 생각을 안 한다. 주변에서 환호성이 터질 때마다 옆에서 지켜보는 아빠의 마음은 점점 타들어간다. 결국 '마법'을 쓰기로 했다. 아이가 낚싯대를 내려놓고 자리를 비운 사이, 옆에서 얻은 산천어를 아이의 낚싯바늘에 잽싸게 끼우고 다시 얼음 밑으로 내려놓았다. 근심 가득한 얼굴로 돌아온 아이가 낚싯대를 잡자마자 눈이 휘둥그레졌다. 드디어 산천어를 낚아 올리고는 환호성을 질렀다. 세상에서 가장 행복한 표정을 짓는 아이의 얼굴을 보고 아빠의 입가에도 미소가 번졌다. 여기에 온 목적이 이거였으니까.

새 옷 갈아입는 아파트

　서울의 한 낡은 아파트 외벽에 철제 구조물이 설치되고 있다. 지어진 지 50년이 다 돼가는 아파트가 주민 이주를 마치고 리모델링을 시작한 것이다. 구조물과 가림막 설치가 완료되면 아파트 뼈대와 내력벽만 남긴 뒤 완전히 새 옷으로 갈아입을 예정이다.

　오래된 구축 아파트 주민들은 기왕이면 큰 이익을 남길 수 있는 재건축을 선호한다. 그런데 지어진 아파트의 용적률이 높아 사업성이 없어서 재건축이 힘든 곳들은 이처럼 리모델링을 선택하기도 한다. 재건축보다 절차가 간소하다고는 하지만, 주민 수백 명의 뜻을 하나로 모으는 게 쉬운 일은 아니다. 리모델링 사업 추진에만 20년 넘게 걸린 아파트도 있다. 그래서 요즘 도심에서 재건축이나 리모델링을 시작하는 모습을 보면 이 아파트에는 무슨 사연이 있었을까 궁금해진다.

사랑해, 고마웠어

　한 방문객이 자신의 반려견 납골함과 사진들로 꾸며 놓은 작은 공간을 말없이 바라보고 있다. 이곳은 반려동물 장례식장에 마련된 추모의 공간. 가족이나 다름없었던 반려동물을 떠나보낸 사람들이 함께했던 추억을 보관해 둔 곳이다. 작은 납골함 옆에는 반려동물이 평소 좋아하던 간식과 장난감, 함께 찍은 사진들이 놓여 있었다. 찾아올 때마다 정성스레 남겨 놓은 쪽지가 가득한 곳도 있었다.

　반려동물을 키워본 사람은 안다. 사랑하는 반려동물과 이별하는 게 얼마나 가슴 아픈 일인지. 얼마 전 17년을 함께 한 반려견과 작별했던 날, 처음 만났던 순간부터 함께 살며 기쁘고 행복했던 기억들이 한동안 머릿속을 떠나지 않았다. 만남이 있으면 이별의 순간도 찾아오는 법. 반려견을 떠나보낸 게 두 번째였는데, 작별의 아픔은 도무지 익숙해지지 않는 것 같다.

기자는 때론 '극한 직업'이다

한 방송 기자가 리포트를 하다 얼음물에 '풍덩' 뛰어들었다. 공군 혹한기 훈련 취재 현장. 얼음물에 빠진 전투기 조종사를 헬기로 구출하는 훈련이었다. 항공 구조사들은 헬기가 일으키는 바람과 거친 얼음에 맞서서 동료 조종사를 구하고자 주저 없이 얼음물로 뛰어들었다. 방송 기자는 그런 장병들을 보면서 망설임 없이 뛰어드는 게 얼마나 대단한 일인지 전달하고 싶었다고 한다. 현장과 직접 부딪쳐보는 모습을 통해 시청자들이 항공 구조사들의 마음에 공감했으면 하는 심정으로 얼음물에 거침없이 몸을 던졌다.

기자들은 가끔 스스로 '극한 직업'이라고 부른다. 사진기자들도 현장을 가장 잘 표현할 수 있는 사진 한 장을 위해서 위험한 상황을 감수할 때가 많다. 독자들이 그 차이점을 느끼는지는 알 수 없지만, 이런 노력이 현장을 정확하게 전달할 것으로 믿고 오늘도 많은 기자가 현장에서 최선을 다하고 있다.

포토라인이란?

검찰 조사를 받는 피의자가 서울중앙지검에 출석하기 10분 전. 노란색 포토라인 주변으로 긴장감이 흐르기 시작했다. 카메라를 든 수많은 기자는 일찌감치 자리를 잡았고, 방송용 마이크들은 스위치를 켠 채 포토라인 앞에 놓였다. 현장에 모인 기자들을 대표해 양옆에서 질문할 기자들도 준비를 마쳤다.

포토라인에 서면 어떤 느낌일까. 예전에 중대 사건으로 해외에서 긴급 송환된 한 피의자는 검찰청에 도착하자마자 기자 수백 명이 동시에 터트린 플래시 세례에 놀라서 감탄사만 연발한 채 넋을 잃고 청사로 들어가기도 했다. 이런 모습 때문에 수사기관이 피의자를 압박하는 수단으로 포토라인을 이용한다는 의견이 꾸준히 제기된다.

본래 포토라인은 취재 현장의 질서를 유지하고자 기자들이 스스로 만든 자율적 통제선이다. 물리적 접촉을 막아서 피의자를 보호하려는 약속이기도 한데, 다른 의미로 해석하는 걸 보면 참 아이러니하다.

누군가 널 지켜보고 있다

관제 요원들이 모니터 가득 떠있는 화면을 예리한 눈빛으로 주시하고 있다. 이곳은 서울시 강남구 폐쇄회로(CC)TV 도시관제센터. 도시 구석구석을 비추고 있는 CCTV 카메라 7243대의 영상이 모두 이곳으로 모인다. 밤낮없이 24시간 모니터링하는 관제 요원들은 특이점이 보이면 경찰서나 소방서, 구청 상황실과 즉시 연계해 긴급 상황에 대처하고 있다.

방범용 CCTV를 처음 설치한 20년 전만 하더라도 사생활을 침해한다며 반대하는 주장도 많았다. 하지만 지금은 CCTV가 없는 세상은 상상할 수 없을 정도로 광범위하게 활용되고 있다. 최근에는 인공지능(AI) 기술과 결합해서 실종자의 인상착의를 인식해 이동 경로를 추적하기도 하고, 인파 밀집 위험을 감지하는 기능도 생겨났다. 덕분에 요즘은 주변에 CCTV가 보이면 안심된다. 누군가 나를 지켜봐 주고 있으니까.

LP판, 세월의 소리까지 듣는다

인천 신포동의 한 LP 카페. 30년이 넘는 역사만큼이나 레트로(복고) 감성이 가득했다. 수납장 가득 꽂혀 있는 LP판 5천장은 시각적으로 따뜻하게 느껴졌고, LP판이 돌기 시작하며 울려 퍼지는 미세한 잡음은 마치 '자 이제 곧 음악이 시작될 거야'라고 속삭이는 것처럼 매력적이었다. 흐뭇한 미소를 짓던 주인장은 "LP 레코드가 들려주는 음악의 매력은 바로 엄마의 고향집 같은 포근함"이라고 말했다.

요즘은 구하기도 힘든 LP판을 틀어주는 음악 카페에 디지털 음원을 듣고 자란 MZ세대도 찾아온다. 잡음 하나 없는 디지털 음악 말고 LP판 위의 작은 먼지에도 '지직'거리는 음악을 들으러 오는 이유가 뭘까. 카페를 찾은 한 30대 방문객은 이렇게 대답했다. "어렸을 때 아빠가 레코드판을 틀어놓고 같이 춤추던 기억이 아련해요. 가끔 들려오는 잡음도 정겹고요. 오래된 추억을 듣고 있는 기분이 듭니다."

세계문화유산 1호는 아직도 공사중

유네스코가 지정한 세계문화유산 1호 파르테논 신전. 2500년 전에 만들어졌다고 믿기 어려울 정도로 아름답고 웅장하다. 파르테논 신전은 유네스코의 로고이기도 하다. 그리스 아테네 중심에 우뚝 서 있는 이 신전을 보기 위해 전 세계에서 사람들이 찾아온다.

그런데 파르테논 신전은 지금도 이렇게 철제 구조물로 둘러싸여 있다. 1985년 신전 안에 대형 크레인이 설치된 이후로 30년 넘게 복원 공사 중이다. 오랜 시간 풍파를 견뎌낸 대리석 조각들을 빼내고 고증 작업을 거쳐 복원하고 다시 끼워 넣는 작업은 더딜 수밖에 없다. 그럼에도 공사가 계속 지연되는 건 그리스 사람들에게도 불만이다. 동시다발적으로 복원하지 않고 조금씩 나눠서 공사하는 건 예산 문제 때문이라고 현지인들은 지적한다.

아크로폴리스 언덕을 힘겹게 걸어 올라온 사람들은 철제 구조물 앞에서 인증샷을 찍었다. 공사 중이라 아쉽지 않으냐고 묻자 한 여행자가 웃으며 답했다. "이 또한 역사의 한 장면이잖아요."

하늘 위를 걷다

경북 포항 환호공원 언덕 위에 자리 잡고 있는 '스페이스워크Spacewalk'를 찾은 관람객들이 아슬아슬한 계단을 걷고 있다. 철강의 도시답게 포스코에서 제작한 탄소강과 스테인리스강을 소재로 만든 계단이다. 중간에 360도 롤러코스터 같은 구간은 안타깝게도 걸을 수 없다.

　　작품을 만든 독일의 세계적인 부부 작가 하이케 무터와 울리히 겐츠는 우주선을 벗어나 우주를 유영하는 것 같은 느낌으로 이 작품을 만들었다고 한다. 실제로 계단을 올라가 보니, 포항 도심과 푸른 바다가 한눈에 들어와서 하늘 위를 걷는 느낌이었다. 개장한 지 15개월 만에 146만명이 다녀갈 정도로 많은 사람이 찾아온다. 잘 만들어진 체험형 공공예술의 힘이다.

길고양이와 공존하는 법

　서울 강남의 한 아파트 단지에 설치된 길고양이 급식소. 길고양이에게 밥을 주는 사람을 지칭하는 '캣맘'이 약속된 시간에 먹이를 갖다 놓자, 잠시 후 길고양이가 와서 맛있게 밥을 먹는다. 아파트 단지 안에 이렇게 길고양이 급식소를 들이는 과정은 간단치 않다. 아파트 대표 회의에서 과반수의 동의를 얻고 나면 지자체에서는 관리자로 캣맘을 지정하고 교육한다. 설치 후에도 캣맘은 급식소로 찾아오는 길고양이의 중성화 수술을 도와야 한다.

　그런데 급식소를 만든 뒤부터 변화가 감지됐다. 여러 곳에서 무분별하게 밥 주는 사람들이 없어져서 위생 관리가 쉬워졌고, 급식소로 찾아오는 길고양이들이 중성화 수술을 마쳐 개체 수 조절이 가능해졌다. 길고양이의 동선도 적절히 통제됐다. 이런 긍정적 기능 때문에 최근 길고양이 급식소를 활성화하려는 지자체가 늘고 있다. 강남구에서만 벌써 아파트 단지 9곳에 설치됐다.

　도심에서 태어나 도시인들과 함께 살게 된 길고양이들. 인간과 공존하는 길을 하나씩 찾아야 하지 않을까.

폐교에 온기가 흘렀다

어둠이 내리자 충북 보은군에 있는 한 폐교에 불빛이 반짝였다. 문을 닫고 오랫동안 방치돼 있던 학교가 5년 전 캠핑장으로 변신한 뒤 주말이면 이렇게 사람들이 찾아온다. 시골 폐교들은 대체로 부지가 넓어서 캠핑장으로 최적의 조건을 가지고 있다. 학교의 흔적이 곳곳에서 향수를 불러일으켰다.

캠핑을 즐기기 좋은 계절. 이날은 한 캠핑 동호회가 준비한 모임에 전국에서 200여 명이 모였다. 화기애애한 분위기에 웃음소리가 끊이지 않았다. 카페를 운영하는 참가자는 드립 커피를 만들어 나눠주고 있었고, 빵집 사장님은 즉석에서 빵을 구워 대접했다. 캠핑을 즐기는 사람들은 이렇게 서로 나누는 걸 좋아한다고 한다. 덕분에 폐교에 모처럼 온기가 흘렀다. 운동장에 우뚝 서서 이 풍경을 바라보고 있는 이순신 장군 동상도 얼굴에 미소를 띠고 있었다.

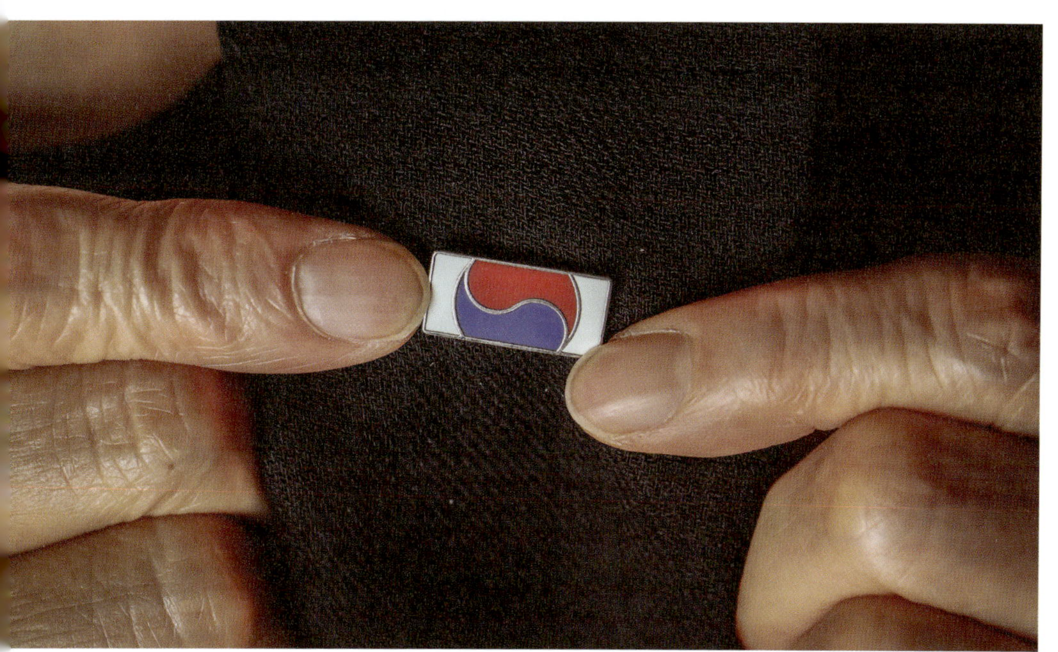

'121879' 잊지 않겠습니다

　6·25전쟁 때 전사한 아버지를 애타게 기다리는 신윤주(73)씨가 태극기 배지를 가슴에 달았다. 한 살 때 헤어져 얼굴도 모르지만, 국토 어딘가에 묻혀 있을 아버지를 딸은 오늘도 기다린다.

　이 태극기는 조금 특별한 모양을 하고 있다. 유해 발굴 현장에서 수습된 참전 용사의 유골함을 태극기로 감싸면 4괘가 사라지고 잘린 태극 문양만 남는다. 이를 위에서 내려다본 모습 그대로 만든 배지다. 3년 전, 6·25전쟁 70주년 사업추진위원회는 당시 미발굴 국군 전사자 숫자인 12만2609개의 배지를 만들어 유족 등에게 전달했다.

　정전 70주년을 맞은 올해 국가보훈처는 아직 가족의 품으로 돌아오지 못한 참전 용사의 숫자만큼 다시 이 배지를 만들 예정이다. 마지막 한 명까지 잊지 않고 찾겠다는 의지가 담겨 있다. 숫자는 조금 줄어들었지만, 나라를 위해 목숨 바치고 어딘가에 잠들어 있는 이름 없는 영웅은 12만1879명에 달한다.

우리가 기억해야 할 이름

　서울 용산 전쟁기념관 전사자 명비에 새겨진 이름, 얼 네이즐로드 (Earl C. Nazelrod). 열아홉 살이던 1950년 미 육군 일병으로 참전해 대전에서 적과 싸우다 전쟁 포로로 붙잡혀 북한으로 끌려갔다. 이듬해인 1951년 북한 포로수용소에서 사망했다고 알려졌으나, 아직 유해는 돌아오지 못했다. 한국에 온 조카가 그의 이름을 찾아 종이와 연필로 탁본을 떴다. 이름이라도 고국으로 가져가려는 것이다. 조카의 눈시울이 금세 촉촉해졌다.

　6·25전쟁 때 많은 외국인이 우리를 위해 목숨을 바쳤다. 유엔군 전사자가 4만명이 넘는다. 새에덴교회 초청으로 이번에 방한한 미군 참전 용사와 유가족 47명은 전쟁기념관을 비롯해 한국 곳곳을 둘러봤다. 한 유가족은 "남편이 목숨 걸고 지킨 나라가 이렇게 발전한 모습을 보니, 참전 용사 가족으로서 자부심을 느낀다"고 말했다.

나는 오늘도 도전한다

긴장한 표정의 스카이다이버들이 윈드 터널에 몸을 던지기 시작했다. 그리고 중심을 이동해 거꾸로 자세를 바꿨다. 스카이다이빙에서 가장 어렵다는 헤드다운 기술이다. 그들은 지금 기록에 도전하는 중이다. 차례대로 윈드 터널에 들어간 17명이 동시에 헤드다운 동작을 한 채 서로 손잡고 3초 동안 대형을 유지하는 데 성공했다. 이 퍼포먼스는 곧바로 국제항공연맹(FAI)의 기준에 따라 한국 공식 기록으로 등록됐다. 한국에서 처음으로 수립된 실내 스카이다이빙 빅웨이 종목 기록이다.

대형 팬을 이용해 최대 시속 360㎞의 바람을 쏘아 올리는 윈드 터널은 하늘에서 자유낙하할 때와 똑같은 상황을 만들어 준다. 직장인, 군인, 중학생 등 각자 다른 본업을 갖고 있는 스카이다이버들은 기록에 도전하기 위해 주말마다 이곳에 모여 훈련했다. 한 참가자는 "우린 다 다른 일을 하고 있지만, 하나의 목표를 갖고 함께 이뤄냈다는 것에 희열을 느낀다"고 말했다.

걱정 말아요 그대

　적막하던 병원에 아름다운 클래식 선율이 울려 퍼졌다. 로비를 지나던 환자와 의사, 간호사가 잠시 걸음을 멈췄다. 소프라노는 연주에 맞춰 '걱정 말아요 그대'를 노래했다. 이 자리에 모인 사람들에게 꼭 전하고 싶은 말 같았다. 서울 강북삼성병원에서 열린 작은 음악회. 문화복지 단체 이노비가 기획하고 국회 비서관, 뉴스 앵커, 의사 등 음악을 전공한 사람들이 재능기부로 들려준 연주회다.

　병원 사람들을 위한 음악회는 코로나 감염 예방을 위해 3년간 중단됐다가 최근에 다시 열리기 시작했다. 병원의 환자들이 제일 반가워한다. 음악회를 열어달라고 병원에 요청하는 사람이 많았다고 한다. 음악회가 끝나고 미소 띤 얼굴로 병실로 향하던 한 환자는 "병원을 찾아온 천사들에게 귀한 선물을 받은 것 같다"고 말했다.

모기장 속 영화관

　지리산 사찰 마당에 모기장 100여 개가 설치됐다. 전남 구례 화엄사에서 열린 '모기장 영화음악제'. 열대야를 이겨내기 위해 마련된 이색 영화제다. 영화에 등장하는 익숙한 명곡들이 영화의 한 장면과 함께 어둠이 내린 사찰에 울려 퍼졌다. 참석자들은 모기장 속에서 스크린을 지켜보며 영화 음악을 감상했다. 모기장과 참석자들에게 부착된 작은 불빛은 마치 한여름밤의 반딧불이를 연상시켰다. 지리산 자락에서 불어오는 서늘한 밤바람에 잠시 열대야를 잊을 수 있었다.

　연일 이어지는 폭염으로 열대야가 지속되면서 깊이 잠들기 힘든 요즘, 도심에서는 밤에도 물가나 분수 주변엔 몰려든 사람들로 발 디딜 틈이 없다. 불과 몇 달 전만 해도 한파에 힘들어했던 기억을 떠올리면 계절의 변화와 속도가 새삼 경이롭다.

MZ세대의 국가대표 선수촌

충북 진천 국가대표 선수촌 식당 앞. MZ 세대의 필수 놀이 코스 중 하나인 스티커 사진 기계가 놓여 있다. 광저우 아시안게임을 위해 입촌한 클라이밍의 서채현과 정지민, 소프트볼의 최가현 선수가 식사를 마치고 셀프 사진관으로 향했다. 깔깔거리며 사진을 찍은 선수들은 기계에서 나온 스티커 사진 중 한 장을 외벽에 붙였다. 사진을 찍은 선수들은 마치 약속이라도 한 듯 여기에 인증 사진을 남긴다고 한다.

사진들을 구경하다 보니 나도 모르게 입가에 웃음이 번졌다. 태극기가 새겨진 유니폼을 입고 여럿이 환호하며 찍은 사진도 있고, 훈련으로 다져진 근육을 뽐내며 홀로 사진 찍은 선수도 많았다. 높이뛰기 우상혁 선수의 해맑은 미소는 스티커 사진 속에서도 빛이 났다.

MZ 세대 선수들에 걸맞게 응원 문화도 많이 바뀐 것 같다. 메달의 색깔보다는 선수가 경기에서 최선을 다하고 즐기는 모습에 더 열광한다. 오늘도 선수촌에서 땀 흘리고 있을 선수들이 이번 아시안게임에서 마음껏 즐겼으면 좋겠다. 우리는 신나게 응원할 준비가 돼 있다.

조용한 댄스파티, 헤드셋 쓰니 딴 세상이 열렸다

　서울 반포한강공원에서 댄스파티가 열렸다. 그런데 신나는 음악이 울려 퍼지지 않는다. 파티 이름은 '무소음 DJ 파티'. 파란색 불빛이 반짝이는 블루투스 헤드셋을 쓰고 거기서 들려오는 음악에 맞춰 댄스를 즐기는 파티다. 지나던 시민들이 고요한 한강공원 한쪽을 장식한 화려한 조명과 춤추는 참가자들을 신기한 눈으로 바라봤다. 댄스파티 한복판으로 들어가 저속 셔터로 촬영을 했다. 흥에 겨운 참가자들의 몸짓이 한 컷에 그대로 담겼다.

　수많은 사람들이 야외에서 맘껏 몸을 흔드는 모습에 어떻게 저런 용기가 날까 부러운 마음이 들었다. 그래서 나도 파란 불빛이 나는 헤드셋을 써봤다. 그 순간 완전히 다른 세상이 펼쳐졌다. 흥에 겨운 DJ의 외침과 강한 비트의 음악이 온몸을 타고 흘렀다. 열광적인 댄스파티가 끝나고 헤드셋을 벗자 다시 고요한 세상을 마주했다. 한 참가자에게 어색하지 않으냐고 물으니 이렇게 답했다. "저만 즐거웠으면 됐죠 뭘. 하하하" MZ 세대다웠다.

서울 하늘에 오로라가 떴다

도심 하늘에 오로라가 등장했다. 어둠이 내리자 빛의 축제 '서울라이트 DDP'가 열리고 있는 서울 동대문디자인플라자 잔디 언덕 위로 환상적인 광경이 펼쳐졌다. 초록색과 보라색 파스텔 톤 빛깔이 어우러져 밤하늘을 아름답게 물들였다. 스위스 설치미술가 댄 아셔가 만든 작품 '보레알리스'. 라틴어로 '북쪽'이라는 뜻이다. 미세한 광선을 층층이 겹치고 그 위에 안개를 뿌려서 오로라처럼 빛이 산란되는 시각적 효과를 구현했다고 한다.

오로라는 태양에서 지구로 날아오는 입자들이 대기와 충돌해 빛을 내는 현상으로 주로 북극과 남극 인근에서 관찰할 수 있다. 사람들의 버킷 리스트 중 하나인데, 극지방에 찾아가도 여러 조건이 맞아야만 오로라를 만날 수 있다. 비록 '인공'이었지만 극지방에서도 보기 힘든 오로라를 서울 하늘에서 마주한 시민들의 표정은 황홀함 그 자체였다. 바닥에 누워 눈앞에서 흐르는 오로라를 지켜보는 사람도 많았다. 하늘빛이 시시각각 변하는 동안 많은 인파가 모인 잔디 언덕은 고요했다. 눈에 담아두는 것만으로도 충분했으니까.

져도 괜찮아, 최선을 다했어

서울 초등학교 탁구 단체전의 우승 팀을 가리는 마지막 단식 경기. 모두의 이목이 집중됐다. 앞서 많은 경기를 치러서 학생들 체력은 이미 바닥났을 텐데, 승부에 대한 열정은 어른들 못지않았다. 치열한 공방이 벌어지고 세트 스코어 2대2 마지막 세트. 상대팀 6학년 형과 맞붙은 5학년 학생은 결정적 실점으로 패색이 짙어지자 결국 고개를 떨궜다. 곧 승패가 갈리고 준우승에 그친 학교 학생들은 아쉬움에 눈물까지 글썽였지만, 경기를 지켜보던 모두가 끝까지 최선을 다한 이들에게 아낌 없는 박수를 보내줬다.

전국 대회에 출전할 서울 대표를 뽑는 '서울교육감배 학교 스포츠 클럽 대회'의 한 장면이다. 전문 선수가 아닌 그저 탁구를 좋아하는 어린이들 대회였는데도 눈을 사로잡는 순간이 많았다. 행운의 점수를 따면 상대방에게 정중히 머리를 숙였고, 이긴 팀은 상대 팀에 먼저 다가가 '너희도 최고였다'며 손뼉을 쳐줬다. 진 팀도 상대에게 '엄치 척'을 해주며 칭찬을 아끼지 않았다. 승자와 패자의 품격, 상대에 대한 배려와 존중까지. 어린이들 경기를 보며 어른들이 참 많은 걸 배웠다.

우리 학교 자랑은 'ㄱㄴㄷㄹ'

경북 김천시 지례면에 있는 지례초등학교. 전교생이 20명인 이 작은 학교에는 큰 자랑거리가 있다. 학교 건물 외벽에 당당하게 새겨진 한글 자음 'ㄱㄴㄷㄹ'이다. 드론을 띄워 하늘에서 내려다보니 한적한 시골 마을 풍경 속에 생동감 넘치는 색깔의 한글이 선명하게 들어왔다.

지은 지 100년이 넘은 학교를 2019년도에 리모델링하면서, 당시 교장 선생님과 학생들이 머리를 맞대고 이 아이디어를 떠올렸다. 이왕 공사하는 김에 한글의 소중함을 알릴 수 있도록 외벽을 한글로 디자인하기로 했다. 건물 구조가 워낙 오래돼 자음들을 완벽한 비율로 넣지 못한 걸 아쉬워할 정도로 선생님과 학생들의 열정이 뜨거웠다고 한다. 새로운 학교가 탄생하자 이 건물은 지례면의 트레이드 마크가 됐다. 학생들이 타지에서 학교를 소개할 때 맨 처음으로 한글 자음 'ㄱㄴㄷㄹ'을 외친다. 다른 학교는 따라올 수 없는, 학생들 최고의 자랑거리가 바로 '한글'이다.

기독교와 이슬람의 공존

 튀르키예의 이스탄불 구도심 한복판에 있는 '아야 소피아'. 1500년 전 동로마 제국 전성기 때 성당으로 지어진 이 건물은 비잔틴 양식의 걸작으로 평가받는다. 직경 30m가 넘는 원형 돔에 웅장한 성당을 설계하기 위해 당대 최고의 물리학자들과 수학자들이 동원됐다. 이후 오

스만 제국이 동로마를 멸망시켰을 때 이슬람 사원으로 바뀌었는데, 당시 오스만의 최고 지도자는 성당의 아름다움을 확인하고는 절대로 아야 소피아를 훼손하지 말라는 명령을 내렸다고 한다.

덕분에 이 건축물에는 중세 기독교와 근대 이슬람 문화 양식이 오묘하게 공존하고 있다. 천장에는 성모 마리아와 천사들의 벽화가 그려져 있는 반면, 벽에는 이슬람 선지자들의 이름을 적은 거대한 명판이 붙어 있다. 긴 세월 동안 우여곡절도 많았다. 한때는 무슬림들이 기독교를 상징하는 벽화에 회칠을 했고, 일부 복원됐다가 최근 이곳에서 종교 활동을 다시 시작하면서 지금은 사진처럼 하얀 천으로 가려져 있다. 세상이 떠들썩한 요즘, 과거 오스만 지도자들이 로마 문화유산에 베푼 관용과 공생의 미덕이 더욱 귀하게 느껴진다.

회색빛 마을의 희망

　8개월 전 튀르키예를 강타한 규모 7.7 강진의 진앙지 카라만마라슈 주(州). 튀르키예에서 가장 큰 기업이 지원해 조성한 대형 컨테이너 단지가 이곳에 있다. 지진으로 집을 잃은 이재민 1만여 명이 컨테이너 2300여 동에서 살고 있다. 컨테이너촌 뒤로 보이는 아파트 건물 대부분은 금이 간 채로 텅 비었다. 붕괴 위험으로 더 이상 사람이 살 수 없는 아파트다.

　회색 컨테이너 단지에 유일하게 알록달록한 곳이 있다. 온종일 아이들이 모여드는 놀이터다. 무너진 건물에서 간신히 나와 목숨을 건진 어린이 대부분은 지진 트라우마가 있다. 작은 소리에도 소스라치게 놀라 울음을 터트린다. 두려움에 건물 안으로 못 들어가는 아이도 많다. 이들이 유일하게 마음 놓고 웃으며 뛰어노는 곳이 놀이터라고 한다. 단지 관계자는 "놀이터가 어린이 심리 치료에 가장 중요한 시설"이라고 했다. 다가가자 먼저 손 내밀고 활짝 웃어주는 아이들. 지진의 아픈 상처를 극복하고 있는 튀르키예의 미래가 이렇게 밝았으면 좋겠다.

이태원은 안녕하십니까

　서울 용산구 이태원 해밀턴 호텔 옆 골목. 1년 전 핼러윈 참사로 159명이 목숨을 잃은 곳이다. 골목 한쪽에는 희생자들을 기리는 추모의 벽이 조성돼 있다. 자정이 넘은 시각, 이곳을 찾아온 한 인도인 여행자는 추모의 벽에 'Rest in Peace'라고 적은 메모지를 남겼다. 편안히 잠들라는 뜻이다. 그는 "작년에 뉴스로 사고를 접했다"며 "이렇게 많은 사람이 여기서 숨졌다는 사실이 믿기지 않는다"고 말했다.

　벌써 1년이 지났지만 상처는 아직도 아물지 않은 것 같다. 이맘때면 거리에 넘쳐나던 핼러윈 장식이 모두 사라졌다. 책임자 처벌을 요구하며 거리로 나왔던 유가족들은 아직 집으로 돌아가지 못하고 있다. 이태원 특유의 자유로운 분위기를 좋아했다. 하지만 요즘 이태원을 가면, 취재 당시 접했던 참사 현장의 장면들이 아프게 떠오른다. 예전으로 다시 돌아갈 수 있을까? 이번 핼러윈 때 이태원은 어떤 모습일지 궁금하다.

콘서트장 앞 2030, 부모를 기다리는 자녀들

한 트로트 가수의 콘서트가 열리고 있는 서울 올림픽체조경기장. 공연이 끝나갈 무렵 300여 명이 콘서트장 밖에 모여 있다. 공연을 관람하고 있는 부모를 기다리고 있는 자녀들이다. 공연이 시작된 직후부터 쏟아진 비 때문에 여분의 우산을 들고 온 사람이 많았다. 10년 전만 해도 인기 가수의 콘서트장 앞에는 자녀를 기다리는 엄마·아빠들이 가득했는데, 이젠 자녀들이 50~60대 부모를 기다리는 모습을 보니 격세지감이었다.

트로트 열풍이 분 뒤로 콘서트장으로 향하는 어르신이 많아지면서 이색적인 문화가 나타나기 시작했다. 온라인으로 순식간에 마감되는 티켓 예매에 모든 자녀가 동원되기도 하고, 부모님을 모시고 콘서트에 다녀온 후기가 소셜미디어에 자주 등장한다. 이날 콘서트장 앞에 서 있던 안성은(32)씨는 강원도 강릉에서 어머니와 외할머니를 모시고 왔다. 그에게 힘들지 않았냐고 물었더니 "엄마와 외할머니가 좋아하시는 모습을 보니 행복하다"고 말했다. 이날 그곳에서 기다리던 사람들은 적어도 나보다는 효자·효녀인 것 같았다.

곶감이 익어가는 시간

경북 상주에 있는 한 농가. 처마 밑에 주렁주렁 감이 매달려 있다. 차가워진 바람과 가을 햇살에 얼었다 녹았다를 반복하며 서서히 숙성되는 중이다. 한 달 뒤 크리스마스 무렵이면 맛있는 곶감으로 변신한다. 곶감으로 유명한 상주에서는 해마다 이맘때면 농가에 곶감이 가득 내걸린 정겨운 풍경을 만날 수 있다. 건조기를 쓰지 않고 전통적 자연 건조 방식으로 곶감을 만드는 게 이곳 특징. 시간은 오래 걸리지만 높은 당도와 쫄깃한 식감을 바란다면 기다릴 줄 알아야 한다.

달콤한 곶감이지만 신기하게도 만드는 데는 생으로 먹기 힘든 떫은 감을 쓴다. 곶감으로 숙성되는 동안 떫은 맛을 내는 타닌 성분이 점차 사라지고 결국 달콤한 맛이 나는 것이다. 촬영하는 내내 카메라 파인더 너머로 아른거리는 주황빛 곶감. 바라보기만 해도 먹음직스러운 자태 앞에서 저절로 군침이 돌았다. 곶감이 익어간다.

여섯 개의 손이 하나가 되다

여섯 손, 서른 손가락이 건반 위에 모였다. 지난 6일 서울 마포아트센터에서 열린 이 특별한 무대 이름은 '3 PEACE CONCERT'. 한국·일본·대만의 피아니스트들이 평화와 화합을 연주하자는 의미로 기획했다. 피아니스트 김도현(한국), 다케자와 유토(일본), 킷 암스트롱(대만)이 피아노 한 대 앞에 앉아 라흐마니노프의 '6개의 손을 위한 로망스'를 연주하기 시작했다.

누구 하나 앞서거나 뒤처지지 않고 세 명이 서로의 소리에 집중하며 균형을 이루는 시간. 콘서트의 취지처럼 3국 피아니스트들이 완벽하게 호흡을 맞추며 연주를 끝내자 객석에서 기립 박수가 터져 나왔다. 한 관객은 "젊은 피아니스트들이 나란히 앉아 연주하는 모습이 이렇게 사랑스러울 줄 몰랐다"고 했다. 연주를 마치고 감격스러워하는 대만 피아니스트 킷 암스트롱에게 소감을 물었더니 이렇게 답했다. "공연에 담긴 메시지와 이 아름다운 순간을 영원히 기억할게요!"

리허설의 매력

가수 조성모가 무대에 올라 텅 빈 객석을 마주 보고 섰다. 라이브 공연을 4시간 앞두고 시작된 최종 리허설. 서울 마포아트센터 대극장 공기가 팽팽해졌다.

가수는 무대에 머물지 않았다. 노래하면서 한 시간 넘게 공연장 구석구석을 돌아다니며 각 객석에서 어떻게 들리는지 음향을 점검했다. 기대에 못 미치면 노래를 중단하고 스태프와 음향을 수정하길 수십 번. 무대로 돌아와 노래하면서도 수시로 객석으로 뛰어 내려가 조명과 세션들의 연주를 체크했다.

가수와 스태프 모두가 극도로 긴장된 상태에서 최종 리허설은 두 시간가량 이어졌다. 리허설이 끝나자 조성모는 최고의 퍼포먼스를 보여줄 수 있게 준비해 준 모두를 향해 감사 인사를 잊지 않았다. 완벽한 공연을 추구하는 아티스트들의 열정과 노력, 숨소리까지 느낄 수 있는 순간. 이것이 리허설의 매력이다.

굿바이, 푸바오

에버랜드 판다월드 방사장에서 봄처럼 따스한 햇살을 만끽하던 푸바오가 관람객들을 향해 손을 드는 모습이 마치 작별 인사를 하는 것만 같다. 한중 친선 도모를 위해 2016년 중국이 보내온 판다 러바오와 아이바오 사이에서 2020년 태어난 푸바오. 한국에서 처음으로 태어난 판다였기에 에버랜드에서 자라온 성장 과정이 고스란히 스토리텔링으로 공유됐다. 특히 '할부지'로 불리는 사육사들과 교감을 쌓아가는 모습이 많은 국민의 마음을 진동시켰다.

아쉽게도 오는 4월 3일쯤 푸바오는 한국을 떠난다. 해외에서 태어난 판다는 멸종 위기종 보전 협약에 따라 만 4세가 되기 전에 중국으로 반환해야 하기 때문이다. 푸바오는 특별 검역 준비를 위해 3월 3일까지만 일반에 공개될 예정이다. 떠난다는 소식에 작별 인사 행렬이 이어지고 있다. 눈가가 촉촉해진 한 관람객은 "푸바오가 사육사 할부지들과 교감하던 모습이 잔상처럼 떠오른다"며 "어디에 있든 응원하겠다"고 말했다. 이제 정말 헤어질 시간이다.

한국 라면 여기 다 모였네

서울 마포구 홍대 앞의 한 편의점. 책이 빼곡히 들어찬 도서관처럼 한쪽 벽면이 라면 230여 종으로 가득 채워져 있다. 그래서 이름도 '라면 라이브러리'다. 컵라면 모양 시식대에서는 미국과 홍콩에서 온 외국인 관광객들이 즉석 조리대에서 끓인 라면을 맛보고 있었다.

이곳에 한국 라면이 다 모여 있다는 소식이 소셜 미디어로 알려지면서 많은 외국인 관광객이 찾아온다. 편의점 방문객의 70%가 외국인이다. 라면 진열 방식도 독특하다. 외국인들이 '이 라면 매워요?' 질문을 가장 많이 해서, 매운맛을 기준으로 5단계로 나눠 진열했다. 외국인들은 3단계 라면에 가장 많이 도전한다고 한다.

최근 해외에서 K콘텐츠가 인기를 끌면서 '한국 라면 끓여먹기'가 여행 버킷리스트 중 하나로 떠올랐다. 싸고 빨리 먹을 수 있어 서민 음식의 대명사였던 라면. TV만화 '아기공룡 둘리'에 나오는 '라면과 구공탄' 노래가 새삼 위대하게 느껴진다. "하루에 열 개라도 먹을 수 있어/ 후루룩짭짭 후루룩짭짭 맛 좋은 라면~"

인형극 무대 뒤에서

서울 강동구 자원봉사센터에서 열린 인형극 '금도끼 은도끼' 공연 현장. 무대 밑에 쪼그려 앉은 사랑누리 인형극 봉사단원들이 인형과 연결된 막대를 잡고 조종하고 있다. 인형의 극적인 동작을 표현하기 위해 쉴새 없이 움직이다 보니 얼굴에 땀이 흥건했다. 단원들의 표정은 인형극 전개에 따라 시시각각 변했다. 슬픈 표정을 지었다가 신나는 장면에서는 그 누구보다 즐거운 표정으로 인형을 조종하며 웃음을 터트렸다.

인형극 봉사단은 40대부터 70대까지 아이들을 진심으로 좋아하는 사람들이 자발적으로 모였다. 집에서 이불, 베개 솜 등을 가져와 직접 재봉틀을 돌려 인형들을 창조했다. 무대 설치부터 30분이 넘는 공연까지 육체적으로 고된 일이지만 인형극을 보고 싶어 하는 아이들이 있다면 그들은 어디든 달려간다. 무료로 봉사하는 일인데 언제 가장 보람을 느낄까. 한 단원은 망설임 없이 이렇게 답했다. "가장 큰 보상은 아이들의 미소예요, 미소!"

이 구역은 로봇이 지킨다

　새벽 1시, 인천 현대프리미엄아울렛 송도점 안전관리실 문이 열리고 '로봇개'가 걸어 나왔다. 로봇의 임무는 야간에 아울렛 구석구석을 순찰하는 일. 로봇은 몸에 부착된 센서를 이용해 스스로 장애물을 피했고 계단을 통해 3층까지 쉽게 오르내렸다. 6대의 카메라로 360도를 관찰하다가 낯선 사람이 발견되면 즉시 안전관리실로 경고 신호를 보낸다. 자율주행과 사람을 인식하는 기능 모두 AI 덕분이다. 폐점 시간 이후 밤새 매 시간마다 보안요원이 2인 1조로 돌던 순찰 일을 로봇이 혼자 해냈다. 만족도가 높자 현대백화점은 서울의 백화점에도 로봇개를 시범 운영하기 시작했다.

　한밤중에 취재를 위해 드넓고 어두운 곳에서 홀로 선 로봇과 마주하니 조금 섬뜩하기도 했다. AI가 발달하면서 가까운 미래에는 인간이 해온 많은 업무를 로봇이 대체하게 될 것이다. 공상과학영화의 한 장면처럼, 로봇과 함께 살아가는 법을 찾아야 할 때가 온 것 같다. 쇼핑몰의 밤은 로봇이 지킨다.

코인을 채굴하는 중입니다

경기도 평택 시골 마을에 있는 가상화폐 채굴장. 적막 속에서 컴퓨터 채굴기 122대가 하루 24시간 내내 퀴즈를 풀고 있다. 블록체인 기술로 가상화폐를 발행한 단체에서 만든 알고리즘을 풀면 코인이 생성되는데, 채굴기는 퀴즈를 풀듯 프로그램을 이용해 그 알고리즘을 푸는 중이다. 코인을 채굴하면 가상 자산 거래소에 판매해 수익을 낸다.

몇 년 전 가상화폐 열풍이 불었을 때 전국에 우후죽순처럼 생긴 채굴장은 그 열기가 식자마자 대부분 사라졌다. 그런데 최근 비트코인 가격이 1억원을 돌파하자 가상화폐에 대한 관심이 다시 높아지고 있다. 요즘 채굴장에는 투자 문의 전화가 하루에 30통 넘게 걸려온다고 한다.

가상화폐에 대한 가치 판단은 아직 논쟁 중이다. 채굴을 향한 부정적 시선도 여전하다. 투자자들에게 하고 싶은 말을 묻자 채굴장 관계자는 이렇게 답했다. "광풍에 휩쓸려 불나방처럼 달려들면 절대로 안 됩니다. 가상 자산에 대해 충분히 공부하고 확신이 있을 때 신중하게 접근하세요."

힘내라 우크라이나

우크라이나 수도 키이우에서 북서쪽으로 60km 떨어진 소도시 보로 댠카. 전쟁 발발 초기에 키이우로 진격하는 러시아군의 집중 폭격을 받 은 곳이다. 수많은 건물이 초토화된 채 그대로 방치돼 있었다. 많은 사 람이 이곳에서 목숨을 잃었다. 전쟁이 무섭고 잔인하다는 걸 보로댠카 에 와보고 처음 실감했다.

미사일을 맞아 건물 절반이 무너져 내린 아파트 안쪽 벽면에서 그 림과 마주했다. 국적과 이름을 알리지 않고 활동하는 '거리 화가' 밴딧 (Bandit)이 지난 4월 우크라이나에 들어와 그린 그림이다. 우크라이나 바이올리니스트 엘레나가 국가를 연주하는 모습. 바이올린에서 울려 퍼지는 음세의 색깔이 우크라이나 국기를 상징했다. 엘레나는 쏟아지 는 폭격에 바이올린 하나도 챙기지 못하고 집에서 도망쳐 나왔다고 한 다. 소셜미디어로 밴딧에게 이 그림에 대해 물었더니 이렇게 답했다. "철거 작업이 시작되면 이 그림은 없어질지 모르지만, 전 세계가 우크 라이나 사람들과 함께하고 있다는 연대감을 전하고 싶었어요."

퇴근길

　하루가 저물어 가는 시간. 서울 동작대교 남단에서 바라본 올림픽대로 위로 수많은 차량이 꼬리를 물고 각자의 보금자리로 향하고 있다. 느린 셔터 스피드를 사용해 3분 동안 스쳐간 불빛의 궤적을 한 장에 담았다. 각자의 자리에서 최선을 다했을 이들을 위로하듯, 저 멀리 여의도 뒤편으로 아름다운 석양이 내려앉았다.

　'아무튼, 주말'이 처음 발행된 날부터 지난 5년 8개월간 264회의 'Oh!컷'을 연재했다. 언젠가 마지막 회에는 퇴근길을 담아야겠다고 다짐한 적이 있다. 근데 막상 카메라를 들고 마지막 풍경을 기록하려니 후련함과 아쉬운 마음이 교차한다. 그동안 취재하며 마주한 순간들과 많은 사람을 떠올리자 나도 모르게 입가에 미소가 번졌다. 덕분에 외롭지 않은 퇴근길이 될 것 같다. 독자 여러분, 그동안 감사했습니다!

사진이 말을 걸고,
기록이 마음에 남다

도서출판 행복에너지 회장 | 권선복

이 책을 처음부터 끝까지 마주하며 나는 여러 차례 책장을 멈추어야 했다. 사진 한 장 앞에서 오래 머물렀고, 짧은 문장을 다시 읽으며 숨을 고르기도 했다. 이 책은 빠르게 넘겨 읽히는 책이 아니라, 차분히 바라보고 천천히 음미해야 비로소 의미가 전해지는 기록이기 때문이다.

오종찬 기자는 서강대학교 국어국문학과를 졸업한 뒤 조선일보에 입사해 오랜 시간 현장을 기록해 온 언론인이다. 그의 이력에서 분명히 느껴지는 점은 사진기자이면서 동시에 언어의 무게와 문장의 책임을 아는 사람이라는 사실이다. 국문학을 전공한 기자의 사진은 늘 이야기를 품고 있었고, 그가 덧붙인 문장은 사진이 말하지 못한 여백을 과장 없이, 그러나 정확하게 채워왔다. 조선일보 지면에 연재된 '오종찬 기자의 Oh! 컷'은 단순한 사진 연재 코너를 넘어 하나의 신뢰가 되었다. 아침 신문을 펼치는 독자들은 사건 기사보다 먼저 그 지면을 찾았고, 사진 한 컷과 절제된 문장을 통해 하루를 여는 감정과 시선을 정돈하곤 했다. 그 지면은 독자에게 잠시 멈추어 서서 세상과 사람을 다시 바라보게 만드는 역할을 해왔다.

사진부장으로서 오종찬 기자는 기술이나 화려함보다 사진이 지닌 의미와 책임을 먼저 고민해 온 편집자였다. 이 장면이 왜 중요한지, 이 사진이 독자에게 어떤 질문을 남기는지를 끝까지 놓치지 않으려는 태도는 그의 사진과 글 전반에 고스란히 담겨 있다. 이 책에 실린 사진들은 사람의 얼굴에서 시작해 거리의 풍경, 도시의 숨결, 때로는 말 없는 사물에까지 이어진다. 그러나 공통점이 있다. 사진만 바라보고 있어도 저절로 이야기가 떠오르고, 감정이 천천히 살아난다는 점이다. 설명을 강요하지 않지만 오래 마음에 남는 사진들이다.

나는 출판 일을 하며 1,500여 명 저자의 기록을 책으로 만들어왔다. 그 과정에서 수많은 원고와 기록을 만났지만, 이 책처럼 사진과 글이 서로를 앞서지 않고 서로를 살려 주는 경우는 흔치 않았다. 사진은 문장이 되고, 문장은 다시 사진의 깊이를 더한다. 그 균형을 오종찬 기자는 오랜 현장 경험과 문학적 감각으로 자연스럽게 구현해 왔다.

기자는 늘 선택의 순간에 선다. 찍을 것인가, 찍지 말 것인가. 쓸 것인가, 침묵할 것인가. 오종찬 기자는 그 갈림길에서 언제나 사람 쪽을 선택해 온 기자였다. 그래서 그의 사진에는 그날의 공기와 그 자리에 있었던 사람들의 마음이 과장 없이 담겨 있다. 나는 확신한다. 오종찬 기자는 이 시대에 필요한 언론인의 역할을 묵묵히 실천해 온 사람이라는 것을. 그의 'Oh! 컷'은 독자에게 잠시 멈추어 서서 세상을 다시 바라보게 만드는 조용하지만 분명한 힘이었다. 이 책을 세상에 내보내는 일은 출판인으로서의 기쁨이자 한 기록을 제대로 남겼다는 책임의 완수이기도 하다. 이 책을 펼치는 독자들 역시 사진 한 컷에서 시작된 시선이 자신의 기억과 감정으로 이어지는 경험을 차분히 하게 될 것이다. 사진으로 기록하고, 기록으로 사람을 남긴 기자. 오종찬 기자의 시간과 시선이 이 책 속에 온전히 담겨 있다.

이 책은 결혼식 답례품 및 직원 선물용으로도 적합할 것이다. 글과 사진을 차분히 음미하는 시간 속에서 기운찬 행복에너지와 긍정의 힘을 충전하여 하시는 모든 일이 술술술 풀려 나가기를 진심으로 기원드린다.

이채필이 던진 짱돌

이채필 지음 | 값 30,000원

이 책은 이채필 전 고용노동부 장관의 역경과 도전으로 가득찬 삶과 더불어 고용노동부 소속 공무원에서 시작하여 장관에 이르기까지 노동 관련 업무를 하면서 확립하고 지켜 온 노동 관련 행정에 관한 신념 및 그에 따른 행보를 다루고 있는 책이다. 대한민국의 갈등적 노사관계 해소를 위하여 시행했던 다양한 노사관계 개혁의 실행 과정과 함께 실무에 앞장선 행정가의 지혜가 고스란히 담겨있다.

중견기업 CEO와 비전공자를 위한 회계원리

노영래 지음 | 값 25,000원

이 책은 CEO와 창업자들에게 숫자가 아닌 그림과 사례로 회계의 원리를 이해하고, 경영자로서 필요한 정보를 읽어낼 수 있도록 돕는 데에 중점을 두고 있다. 그렇기 때문에 숫자 사용은 최대한 배제하고 있으며 회계를 이해하는 데에 필요한 필수 개념과 재무제표의 작성 원리를 도식, 그림과 함께 쉬운 문장으로 설명하는 데에 중점을 두고 있는 것이 특징이다.

밥상머리 교육에서 시작하는 우리 아이의 미래

신종우 지음 | 값 20,000원

이 책은 전통적인 '밥상머리 자녀교육'과 다문화 사회, AI 시대 등의 현대적 키워드를 결합하여 자녀교육의 새로운 길을 제시한다. 특히 이 책은 온 가족이 함께 밥상머리 규칙을 만들고 식사를 준비하는 등 부모들에게 '밥상머리'라는 기회를 통해 자녀와의 동등한 소통의 대화법을 제시하고 있는 것이 특징이다.

청렴 그 길을 묻다

박종성 지음 | 값 22,000원

한국건설기술연구원에서 33년간 연구 및 행정업무에 봉직한 바 있으며 현재는 청렴전문강사로 활동 중인 저자는 이 책 『청렴 그 길을 묻다』를 통해 청렴교육의 당사자인 공직자들뿐만 아니라 일반 국민들도 가슴 깊이 담아두어야 할 '청렴'의 본질을 이야기한다. 특히 단순한 청렴 관련 법령의 나열에서 벗어나 인문학을 통해 청렴의 당위성을 이야기하고 공감 및 감동을 불러일으키고 있는 것이 이 책의 특징이다.

대한민국을 위한 에너지 정책 길라잡이

문주현 외 12인 지음 | 값 17,000원

『대한민국을 위한 에너지 정책 길라잡이』는 모순적이고 유동적인 상황을 해결해야 하는 대한민국의 현실을 꼼꼼하게 짚는 한편, 탄소 발생을 최소화하면서도 미래 산업 발전에 필요한 양질의 전기를 생산하려면 원자력을 기반으로 하여 한국의 환경/기술에 걸맞은 친환경 재생에너지 발전으로 촘촘하게 보강되는 이른바 '에너지 믹스' 정책을 전개해야 한다고 제안한다.

독서와의 전쟁

최재혁 | 값 22,000원

이 책은 학창시절 '문제아 공고생'으로 불리던 저자가 어떻게 책을 통해 삶을 뒤바꾸고, 결국 언론사 대표로 성장했는지를 기록한 자기 변화의 이야기이다. 저자는 '독서는 즐거워야만 지속할 수 있다'를 기반으로 하여 독서와 글쓰기를 통해 성장하는 즐거움을 맛보는 과정을 가이드하는 한편 자신이 인상 깊게 읽었던 책들과 특히 독자들에게 추천하고 싶은 책을 소개하기도 한다.

그리움의 사중주

이한길, 김정선 지음 | 값 22,000원

이한길 시인의 네 번째 시집 『그리움의 사중주』는 그간 이한길 시인이 꾸준히 탐구했던 '사랑'이라는 주제를 더욱 심화시켜 더 깊이 있게 다듬어진 시어로 이야기하고 있는 작품이다. 또한 '문예빛단 신인상'으로 새롭게 시의 세계에 발걸음을 들여놓은 이한길 시인의 배우자 김정선 시인의 작품이 함께하여 부부이자 동시에 사제 관계가 어우러지는 문학적 교감이 시의 멋스러움을 더한다.

마음의 주인이 되는 길

공병영 지음 | 값 20,000원

이번 시집은 단순한 문학작품을 넘어 한 사람의 삶의 고백이자, 혼란스러운 시대를 살아가는 이들에게 전하는 치유와 회복의 메시지다. 책은 "삶의 본질은 외부의 성취가 아니라, 나의 마음을 주인으로 세우는 일"이라는 단순하지만 위대한 진리를 화려한 수사가 아닌, 치열한 체험에서 길어 올린 단순하고 깊은 언어로 두드린다. 또한 때로는 쓰라린 고백으로, 때로는 따뜻한 위로로 이 시집은 묻는다.